W0108818

HANS PAASCHE

DE ENTDECKER-FOHRT VUN DEN AFRIKANER LUKANGA MUKARA NA DEN BINNERSTEN PART VUN DÜÜTSCHLAND

Mit Bidrääg vun
Helmut Donat un Reinhard Goltz

Donat ◢◣ Verlag

Bibliografische Information der Deutschen Bibliothek
Die Deutsche Bibliothek verzeichnet diese Publikation in der
Deutschen Nationalbibliografie; detaillierte bibliografische
Daten sind im Internet über http://dnb.ddb.de abrufbar.
ISBN 978-3-943425-99-4

De Beate + Hartmut Schaefers Stiftung, Bremen,
hett bi düt Book Stütt geven.

Överdragen in de plattdüütsche Sprak
vun Reinhard Goltz, Bremen

© 2020 by Donat Verlag
Borgfelder Heerstraße 29 · D-28357 Bremen
Telefon: (0421) 17 33 107
E-Mail: info@donat-verlag.de
Alle Rechte vorbehalten
Layout: Toni Horndasch, Bremen

WAT D'R IN STEIHT

För all de Minschen, de vun den
Rechtsextremismus in Düütschland
dootslaan worrn sünd – Hans Paasche
hebbt se an'n 21. Mai 1920 ümbröcht,
dat is hunnert Johr her. Dor wüllt wi
an denken.

VÖRREED VUN HANS PAASCHE

Op mien letzte Reis na dat binnere Afrika heff ik en Land besöcht, dat heel un deel för sik is un en ole Kultur hett, de wiet weg is vun dat, wat in Europa begäng is. Vun buten kümmt hier nix rin, un so hett düt Land bet op den hütigen Dag fasthollen an de Oort to leven un sik op de Welt intorichten. So heff ik anfungen, dat to verglieken mit mien egen Oort to denken, mien egen „Kultur". Bet nu heff ik nich den Dreih kregen, dat ik vun düt Land wat afdrucken laat. Mi dünk, wenn een man knapp fief Maand lang dör düt Land reist is, denn kunn dat woll nich langen, en würklich fre'e Sicht op de Saak to kriegen, de all Sieden gerecht warrt. Wat ik as Indruck mit na Huus bröcht harr, dat weer: Länner un Urvölker, de för sik bleven sünd, sünd för uns en Segen. Denn an de, de nix vun den Fortschritt in uns Kultur afweet un de dor ok nix vun missen doot, de nich uns goden Sieden hebbt, man de ok nich dat mitmaakt, wat bi uns scheef oder verkehrt löppt, köönt wi en Barg vun uns sülvst rutfinnen. Bet nu heff ik de Saak jümmers so ankeken. Mien Sinn stünn dor gor nich na, düsse Gedanken öffentlich to maken un de Tostänn hier bi uns to bekriddeln. Denn aver is en ganz anner Geschicht in Gang kamen, un de hett mi de Opgaav ut de Hand nahmen.

En swarten Mann, den ik an den Hoff vun König Ruoma bemött bün, hett mien Henwies opnahmen. He hett sik vun den König vun dat Land Kitara den Opdrag geven laten, he

7

schull dör Düütschland reisen. Lukanga Mukara is, un nix anners seggt sien Naam, en Mann, de vun de Insel Ukara in den Viktoriasee herkümmt. As jungen Mann al is he vun dat Eiland, op dat de Minschen dicht an dicht wahnt, na de Insel Ukerewe utwannert, de blangenan liggt. Hier hett he vun de „witten Vadders" Lesen un Schrieven lehrt. Op en Reis is he denn den Pater weglopen, mit den he ünnerwegens weer. Bleven is he opletzt bi Ruoma, den König vun Kitara. Hier hett he as Översetter, Verteller un Gerichtsberader dat insett, wat he allens to weten kregen harr. Dor heff ik em kennen lehrt.

De Breven vun Lukanga sünd ganz wat Besünners. De Mann ut de Frömd kickt sik dat Denken un dat Doon in Düütschland mit siene egen Ogen an. Wat för uns Alldag is, dat fallt em op. He kickt sik de Saken nipp un nau an, un wat he dorvun höllt, dat seggt he kloor rut. So kann he free weg vun uns Leven snacken, as wi dat gor nich henkriegen köönt.

Hans Paasche

8

DE EERSTE BREEF: VUN METALLGELD, „KULTUR" UN DAT BREVEN-SCHRIEVEN

Omukama! Du grote un eenzigste König! Ik schriev Di as Dien Dener, de Di to Willen is. Du hest mi utschickt, ik schull nakieken, wat dat en König gifft, de dat mit Di opnehmen kann, un wat dat en Land gifft, woneem Minschen in wahnt un dat düsse Minschen mehr geven kann as Dien Land, Kitara. Dat Land, woneem dat Rindveeh mit de langen Höörn to Huus is.

Laat mi de Antwoort op düsse Fraag glieks free rut seggen: Dat gifft so'n Land nich, un dat gifft nich so'n König.

Wat ik op mien lange Reis sehn heff, dat lohnt aver liekers, dat Du dat to weten kriggst. Un schull ik frisch un kregel na Huus kamen, kann ik Di dat ok sülvst vertellen. Denn schasst Du dor mehr vun hören, as wenn Di Ibrahimu, de Mann vun de Küst, mien Breef alleen vörlesen deit, un, wenn Du dat so verlangst, ok noch mal un mal wedder, wenn Diene Wakungu* dor mit bi sünd.

---

* Lüüd vun Adel, de an'n Königshoff Deenst afleisten mööt

9

As Du mi Order geven hest to reisen, hest Du mi ut Dien Riek, dat so wiet över Bargen un Plattland löppt, twölfhunnert Stück Rindveeh, de stevig weern un goot to Foot, un tweedusend Zegen mitgeven. Mit de schull ik allens dat betahlen, wat so'n Fohrt na en frömd Land kösten deit. Man to de Tiet wüss keeneen, dat ik nu al, na twee Maand, nich een vun Diene blanken Rinner mehr bi mi heff; dat ik aver liekers keen Noot lieden mutt, liggt alleen doran, dat Du so riek un so mächtig büst.

Ik heff al an den groten See vun de Wasukuma all Dien Veehtüüch un de Zegen intuuscht gegen Metallstücken, un düsse Stücken wieder gegen Papeer mit schreven Schrift op. Mit

dat in de Tasch bün ik denn alleen wiederfohrt. Un eendoont, woneem ik dat Papeer vörwiesen do, dor krieg ik de Geld-stücken, de ik bruuk, wenn ik wat to eten un to drinken inköpen will. So'n grote Macht hett Dien Naam.

Weten schasst Du: Dat Land, in dat ik nu ünnerwegens bün, heet Düütschland. De Hiesigen in düt Land betahlt nich mit Veeh un Zegen, ok nich mit Parlen ut Glas oder Kaurimuscheln oder Boomwulltüüch; lütte Stücken Metall un klöört Papeer is jemehr Geld, un dat Papeer is mehr weert as dat Metall. Dat gifft en bruun Blatt Papeer, dat is mehr weert as en hele Koppel vun Diene Rinner. Dat müttst Du Di so vörstellen, as wenn een an den Sabinjobarg veer Köh, de bald kalven schüllt, för en Glasring inköpen kunn, de mit Stroh ümwickelt is. (Wo doch jeedeen Hutu* weet: För twintig Glasringen kriggt een noch nich mal so veel Brennholt, as en Familie bruukt, wenn se ehr Kaat in de Regentiet nachts mal warm hebben will.) Mi dünkt, ik kann Dien Gesicht sehn, wo Du lachen deist över den snaakschen Kraam, den ik Di ut Binner-Düütschland vertellen do. Aver, grote König: Een Saak mütt ik Di nu jümmers wedder seggen: De Hiesigen in düt Land meent aver, dat düsse un noch veel grötteren Blöödsinn so un nich anners ween mütt. Se kennt dat gor nich anners. Un se wörrn sik böös verjagen, wenn dat anners weer. Ssüh, wenn ik jem vertell (Ik kann de Spraak vun de Hiesigen al ganz goot snacken): In Kitara betahlt wi mit anner Lüttgeld, denn seggt se: Wat se hebbt, dat weer beter. Un se fraagt na, wat se nich vörbikamen un Di dat Betere bringen schüll. Allens dat, wat se bringen wüllt, dat heet bi jem mit een Woort „Kultur". Nu kann aver ja keeneen wat beteres bringen as dat, wat he hett. Un wo mi dat gor nich

---

* Hutu = Ackerbuer

toseggt, wat düsse „Minschen" (dat seggt se heel eernsthaftig vun sik sülven) hebbt, geev ik jümmers as Antwoort: Ik do dien Willen, wenn ik „besten Dank ok" segg. Dat sünd nu mal de Wöör, de se bruukt, wenn se utdrücken wüllt, wat in uns Spraak heet: „Ne, dat will ik nich!"

O, Herr vun de Bargen, mag ween un Du büst vertörnt, dat ik de hunnert flinkföötschen Narichtenbringer un jemehr hunnert Breefmitlöper in dat Holt vun Bukome, woneem Dien Riek to Enn is, trüchlaten heff. Dat güng nich anners, wenn ik denn dörch anner Länner un dörch de groten Seen schull, hen na düt Land. Ik harr mi ja vörnahmen, dat ik för jeedeen Breef, den ik an Di schrieven do, een Narichtenbringer un een Breef-mitlöper insetten wull. Man dat güng nich. Denn mit Breven löppt dat hier heel un deel anners as in Dien Land. Bi Di is dat en Gesetz, un jeedeen kennt dat: An een Dag dröff blots een Breef in Dien Stadt ankamen. En Narichtenbringer bringt em, un en annern löppt mit em mit, denn een alleen kann kene Narichten bringen. Sünd de beiden över den Ruhiga weg, denn weet de Lüüd vörher al: Hier kümmt bald en Breef vörbi. Un dat duert nich lang, denn weet se dat ok in Dien Königshuus. Un kaamt se denn, Daag later, daal vun den hogen Pass vun Kibata, löppt en Koppel vun hooch opwussen junge Manns-lüüd achter jem her, un mit Trummeln un Trumpetten löppt en anner Koppel den Anbarg vör Kabares sien Hoff daal, jem in de Mööt to kamen.

Wat is dorgegen en Breef in düt Land! Nix! Un dor schall sik ok keeneen över wunnern. Denn in Düütschland gifft dat Breven so veel as Gras op de Veewischen vun Mpororo. Een enkelten Narichtenbringer alleen driggt hunnerte Breven op mal. Wohrhaftig, jeedeen enkelten Mann dröff en Breef kriegen, un dat gifft welk, de kriegt en Barg Breven op mal. Wat ik meist nienich to sehn krieg, is, dat een tofredener warrt oder muulsch un mucksch, wenn he all düsse Breven leest hett. Un wenn een Breef em trurig maakt, denn langt he sik gau en annern, över den he sik freien kann. Hett he all de Breven dörleest, denn weet he nich, wat he lachen oder wenen schall. Blots mööd is he worrn. Un he hett weniger Lust, dat Ackerland dörtohacken un den Veehharder to spelen. Wenn he man överhaupt op Land un Veeh to passen hett.

Du kannst al sehn: Düt Volk is unglücklich, man vundaag will ik nich na dat Woso fragen. Ik will di in de tokamen Breven blots dat opschrieven, wat ik seh, un eerst veel later will ik utdüden, wat dat heten deit. Dat gifft noch en Barg, wat ik Di schrieven schall.

Riangombe, de hooch över den Füerbarg wahnt un mit Snee siene Fööt köhlt, schall sien Hand holen över Di un mi, Dien Dener

Lukanga Mukara

DE TWETE BREEF: VUN DEN ROOK, DE ARBEIT UN DE MALLHAFTIGE MOOD, SIK TÜÜCH ANTOTRECKEN

Helllüchten Kigeri! Ik bün an en Steed, wo ik för mi alleen bün. Lütte Bargen un Buschwark sünd üm mi to. En See liggt twüschen hoge Bööm, an de Kant in't Reet swömmt Aanten. Woneem dat Water nich to deep is, staht Kraanvagels, un hooch baven in de Luft fleegt Adboors, de jüst nu ut Kitara röverkamen sünd. Dor sünd se de Tiet över ween, wenn dat hier gräsig koolt is un Snee un Ies mannshooch op dat Land liggt. Du kennst dat vun ganz baven op den Karissimbi. Dat unrastige Gedriev vun de Städte langt hier nich her. Un ik kunn mi vörstellen, ik weer in Kitara an dat Water vun den Ruhiga, an den wietlöftigen Strand vun den Urigi, woneem de Kronenkraan-vagel över Land un Water schreet, wenn he siene Flünken sacht un suutje op un daal sleit un över de

geel-riepen Koornfeller wegflüggt. Dat is desülvige Schree, den ik hier hören do. Man de Vagel süht anners ut: De Vagel hett nich de puschelige Kroon, nich de witte Bost. Root as rusten Iesen lücht liekers sien Achterkopp. Hier bün ik hergahn, as in mien Kopp allens verdwars leep bi dat, wat nee is un wat nich tohoop passen will, wat ik in düt frömde Land sehn heff. Un ok wull ik mien Roh hebben un Stillte bi all den Larm.

Sünnstrahlen Först! Wenn ik mang dusende Wasungu* in jemehr stramm anliggen Kledaasch lopen oder snachts ut Drööm opwaken dee, denn weer mi faken so tomoot, as harr ik Pombe drunken. (As in de Daag, as Ibrahimu sien Künn noch nich an mi wiedergeven harr, de seggt: Wenn de Minsch duun is, is he dat nich weert, dat noch een na em opkickt.)

Över düt Land liggt wat, as en grote Wiesmakeree. In Kitara seggt de Lüüd: Woneem twüschen de Bargen Rook opstiegen deit, dor schall de Wannersmann op to stüern, denn dor is inbött un dat gifft warm to eten. En Handwarksmann brennt sien Snittjerwark ut, de Iesensmölters sitt an de frische Luft an'n Füerpüüster oder en Smitt smeedt Speerspitzen, Hacken un Nadeln. Hier puckert dat Leven un vele Minschen kaamt un freit sik doröver, wo veel Knööv un Kunst in dat Volk binnensteken deit. Steiht en Smitt vun sien Arbeit op, denn snackt de Lüüd meist mehr vun siene breden Schullern as dorvun, dat siene Hannen jemehr Wark verstaht.

In Düütschland gifft dat en Barg Rook. Man dat is keen Rook, de dat Oog vun den Wannersmann to'n Lüchten bringt oden en Hartpuckern in Gang sett. Dat is keen Rook in de frische Luft; dat is Rook in den Daak, ja Rook in den Rook. In lange Rohren ut Steen bringt se em na den Heven hen. Man de will nix vun em weten, un so liggt he as de Nevel bi Dag un Dau över de Eer. Un wenn he sik denn as so'n dicken Bree, in

---

* Wasungu – Lüüd ut Europa

15

den een keen Luft kriegen kann, na all Sieden hen utbreden deit, wo schall een denn na hier oder dor henlopen un sik doröver freien, woneem de Minsch herkümmt. Jüst annersrüm is dat: De nich will, dat sik siene Lungen mit Rook anfüllt, de süht to, dat he wegkümmt vun all de Steden, woneem de velen Hiesigen tohoopwahnt, de neiht ut, dat he op't Land kümmt, woneem de Luft noch rein is un frisch. Denn dat is eenfach nich uttodenken, an wat för en Luft sik de Wasungu wennt hebbt. To un to geern sitt se, wenn se arbeidt, sik vergnöögt, wat lehrt, ja, wenn se Gottsdeenst fiert, achter Muern in Hüüs. Stünnen üm Stünnen. Jeedeen nimmt de Luft to sik, de en annern al in sik hatt hett. Dor mengeleert sik Rook un Qualm rin, un dat rückt na Eten. Vele vun jem mööt krank ween. Ik kann dat nich seggen; denn op de Straat warr ik blots gesunde Lüüd wies. Mi dünkt, de Kranken bringt se annerwegens hen.

Ik bün achter en grote Rookwulk achterherlopen un keem en Koppel Lüüd in de Mööt, de op densülvigen Weg ünnerwegens weren. Dat weren Mannslüüd un Froens, un keeneen vun jem seeg vergnöögt ut. Ik heff en jungen Sungu fraagt, woso he so fix op de Been weer, wat dat dor, op wat he toleep, wat Smucks to sehn geev. He grien spietsch un unfründlich un sä, he weer op den Weg hen na sien Arbeit. Un wenn he to laat kummt, schimpt „de Ool". Un de Flinkfoot harr keen Tiet mehr, noch een Woort mit mi to snacken.

Dat gifft nich een Sungu, de dat nich hild hett. All hebbt se jümmers wat in Gang. Un nu weet ik ok, woso de Sungu, de dör Kitara reist is, de Mannslüüd faken fraagt hett: „Wat is dien Arbeit?" Un woso he so vergrellt weer, wenn em een vertellen dee: „Tinkora mlimo mingikala." „Ik arbeidt nich; ik bün dor." Dat hett em vergrellt maakt. In Düütschland gifft dat nich een Mann, de tofreden ween dröff, wenn he nich arbeiden deit. Dat geiht blots, wenn he en Barg Geld hett. Wenn se arbeiden doot, denn blots vunwegen dat Geld. Un wenn se dat Geld in de Tasch hebbt, sett se dat nich dorför in, sik Glück to besorgen, wat ja gor nix kösten wörr. Dorför laat se sik vun anner Lüüd, de op dat Geld jiepert, vörsnacken, se mööt, wenn se glücklich warrn wüllt, en Barg vun all den Klöterkraam inköpen, de för nix un gor nix goot is, un de dor maakt warrt, woneem de Rook opstiegen deit.

Mi dünkt, en Mann, de blots wenig to'n Leven bruukt un nix köfft, de hett in Düütschland keen goden Naam. En Mann aver, de dusend Saken üm sik versammelt, de he wohrt, op de

he oppasst, jem wegslütt un reinmaakt, ja, de he Dag för Dag ankieken mütt, de hett en Naam. Un so'n Mann kann nu mal för nix Tiet hebben, wo he sien Sinn un Verstand för bruukt. He mütt egalweg op sien Kraam sitten, un he kann nich rutgahn in de Welt un Leder lehren. Dorför bruukt een in Kitara nix anners as en Stock, en Strohbüdel mit twee Stücken Holt to'n Füer-Anrieven un en Plückfiedel. De dat to Hand nimmt, kann op Reisen gahn. Un wenn he, na Maanden, na Huus kümmt, kann he vun dat Danzen un Singen bi frömde Völker vertellen, vun de Oort un Wies, woans anner Lüüd den Elefant jaagt un mit wat se de groten jungen Deerns smückt.

Dat is de Denkfehler, de sik över dat Land utbreedt hett: Ok in Düütschland hett woll fröher mal de Rook wiest: Hier warrt mit Hand un Verstand wat opboot. Dat is nu vörbi. Dat Füer hett de Arbeitskraft ümdreiht. Dat is nu en Jammer un en Argernis. Elennige Knechten sünd de Hiesigen, de mit de Kraft vun dat Füer arbeiden doot. Dat bün ik wies worrn, as ik achter den Rook herlopen bün. In gräsigen Larm, de grötter is as Blitz un Dunnerslag in de Vörjohrstiet, staht Mannslüüd un Froens un warkelt mit jemehr Hannen an de Maschinen rüm. Se staht dor, in stickige Luft, in en Huus mit dicke Muern un mit Tüüch an't ganze Liev. Se maakt en Arbeit, mit de se nienich trecht warrt, maakt Johr för Johr een un desülvige Arbeit. Wo

veelmal beter is dat doch in Kitara. Dor kennt jeedeen Johrstiet ehr egen Arbeit, un keeneen müüt dat ganze Johr lang an'n Füerpüüster stahn oder Barkentüüch kloppen. Wenn op dat Land ackert warrn schall, mööt de Hacken trecht ween. Vörher is de Smitt an't Hamern, un vör den Smitt smölt se dat Iesen ut. De Rook treckt wedder af, un de feinsten Planten wasst rund üm den Hoochaven. Un ok de Lungen vun de Minschen warrt wedder rein.

As ik al seggt heff: De Hiesigen hebbt sogor bi jemehr Arbeit Tüüch an. Dat is so, un ik wunner mi dor Mal üm Mal wedder över. All de Hiesigen kann een jümmers blots in Tüüch sehn, un sogor wenn se baden wüllt, treckt se sik en Stück Kledaasch an, dat mit fienen Draht neiht is. Keeneen hett dat Recht, naakt rümtolopen, un keeneen meent, dat is schenant un schabbig, dat se dat Tüüch anhebbt. Sogor de König vun dat Land deit sik den Tort an, dat he Tüüch antreckt. Op sien Liev driggt he dicke Neihkledaasch, op sien Kopp sett he wat op, un sien Fööt kleedt he in afneiht Kalvsfell. Wo groot un staatsch büst Du doch, Mukama, gegen em. Dien Kleed is ut Bastfaden, an den hangt twee snittjerte Hoorns vun en Buschbuck an; en Zegenfell mit Striepen liggt op dien linke Siet. Free kriggt Dien Bost Luft, de Sünn schient op dien glatte Huut, un dien naakten Foot steiht op de Eer, in de all de Kraft to'n Wassen steken deit.

So loop ik hier nu ok mit naakte Huut in den Sand rüm, woneem mi de Hiesigen nich seht. Wörrn se mi naakt to sehen kriegen, wörrn se achter mi herjagen. Ok ik mütt in düt Land Tüüch antrecken, wenn ik dat Volk nich gegen mit opbringen will. Dat is en Last för Dien freen Dener, dat piert em, un he nimmt dat blots op sik för de Forschung un de Wetenschaft in Kitara.

Du meenst för wiss, de Lüüd vun dat Land, de nich in en grote Stadt wahnt, de treckt sik nix an: Nee, ok se treckt sik Tüüch an, vun den Kopp bet na de Töhn, un een warrt ok nienich en Mann to sehn kriegen, de keen Hoot op sien Kopp hett. Wenn dor jichtenseen in en Stadt ahn Hoot ünnerwegens weer, wörrn de Hiesigen in Massen achter em herlopen un em wat utlachen.

De Hoot steiht dorför, dat de Mann wat döcht, un wenn dat ok man blots en smuddeligen, sweetnatten Knüdel is – hier gellt dat as vörnehm, den Knüdel optosetten. Wo Licht un Luft fehlt, is dat ok keen Wunner, dat bi de meisten vun de Wasungu de Hoor vun den Kopp affuult un de Kopp blank warrt. So is dat denn ok en grote Last för all de Mannslüüd, un se geevt veel Geld ut bi Lüüd, de as jemehr Opgaav anseht, dat se dat Kopphoor vun anner Hiesige pleegt. Dor laat se sik wat vörsnacken vun ünnerscheedliche Oorten Elexeerwater, de se denn ok noch köpen doot. Blots de een Saak doot se nich, de nix kösten deit un de in Düütschland jüst as in Kitara ok de maken kann, de gor nix in de Melk to krömen hett – keen Hoot op de Kopp setten.

De Wasungu seggt: De Hoot is dorför goot, dat de Kopp warm blifft un dat he keen Schaden nimmt. Un to'n Gröten. Wenn se sik gröten doot, denn maakt se dat so: Se nehmt eenmal den Hoot vun den Kopp un doot em wedder op. Dat een sik bi't Begröten op de Knee sett un in de Hannen klatscht, dat kennt hier keeneen.

Wat se an Kledaasch an't Liev dregen schüllt, dat schrievt jem de Handwarkslüüd vör. Un afsünnerlich de rieken Hiesigen hoolt sik dor akkerat an. Wenn Du nu aver meenst, en kräftig, schier, rank un slank Liev wiest sik in jüst so'n Tüüch, denn hett dor en Uul seten. Dat Tüüch för de Mannslüüd maakt se so, dat de Flaue jüst so utsüht as en Mann mit Sehnen un Muskeln. Un dat keen Mann op de Idee kümmt, mehr ut sien Liev to maken oder sik dorvör wohrt, sien Liev to verschanneln:

Dat Tüüch deckt allens to, wat mau oder mörr ween kunn. Sogor de Froenslüüd kiekt, wenn se sik en Mann utwählt, nich dor op, wat sien Liev schier is oder Knööv hett – nee, se kiekt sik an, wat de Kledaasch un de Hoot för en Form hebbt un wat se weert sünd. De Froenslüüd weet dor gor nix vun af, wat en Körper utsüht, wo allens schier utbillt is. Wat se heiraadt, dat is en Antog, un dor is de Mann mit bi, de dor binnen stickt. Vun dat Puhei üm de Kledaasch kümmt dat ok, dat de Mannslüüd un Froens vun de Wasungu heiraadt, un se weet een vun den annern nich, woans se naakt utseht. In Kitara weer dat en Schann un en böös lege Geschicht, schull sowat mal vörkamen. Dat weer en Verbreken an de Tokunft vun dat Volk. In Düütschland seggt se, dat is schicklich.

Du, grote König, wullt wiss weten, wat ik sülvst an mien Liev heff, dat ik dör de Stadt mit Hiesige lopen kann un nich opfall, un woans ik mit dat Wull- un Weevwark in dat Tüüch trechtkaam.

An'n Morgen: Eerst dat Bad, denn smeer ik mien Huut mit Ööl in un treck Ünner- un Baventüüch an. Dat Ünnertüüch hoolt Bändsels fast, de över de Schullern loopt. Dat deit weh, denn düt Band drückt den Rump tohoop. Vele Wasungu sünd dorvun krumm, un jemehr Rüch böögt sik wiet na buten. Üm den Hals knütt ik en stieven Ring, de ut Ströpels vun Planten maakt is. Dat is gräsigen Kraam, de ok dorüm dwatsch is, wo doch de Wasungu allerbest week Tüüch maken köönt.

Jemehr Fööt streckt de Wasungu in fein knütt Schaapswull, wat de Töhn mit Gewalt tohooppresst. So hebbt se gor keen Schangs, seker den Schritt to setten. Ik heff de Wehdaag nich utholen, as ik versöcht heff, düt Knüttwark an miene Fööt to hebben. So heff ik dat ünnere Stück vun düt Tüüch afsneden –

wat keeneen wieswarrt, denn de ganze Foot stickt ja in en Ledderschaft binnen, un de is dicht as man wat. Düsse Schoh sünd bi de Kledaasch heel vun Belang. Dat is lögenhaft to vertellen: Ok wat för en Gestalt de Schoh hebbt, hangt af vun dat, wat de Handwarkslüüd lieden möögt. So mööt sik de Fööt vun de Hiesigen afasig verdreihen, wenn se in de Schoh rinpresst warrn schüllt. Ik sülvst heff mi vun en Handwarksmann Schoh neihen laten, de so groot sünd, dat ik miene Töhn dor free hen- un herbögen kann.

De Wasungu treckt sik de Schoh nich ut, wenn se in en Huus ringaht, se baadt sik nich de Fööt, ehrdat se ringaht, man se passt nipp op, dat de Schoh vun buten fein blank sünd. Se maakt mehr Opwand, de Schohkreem hertostellen, as dorför, dat de Fööt sülvst glatt un schier warrt un dat se gesund blievt.

Wenn ik in miene Schoh ünnerwegens weer un na Huus kaam, denn dünkt mi jedes Mal, ik müss de Schoh uttrecken, vör de Döör müss en Footbad stahn un ok en Bank to'n Daalsetten, un en Dener müss kamen un miene Fööt waschen in inölen. Nix dorvun: an Steden, woneem se Extra-Kamern to'n Töven inricht hebbt, liggt Böker to'n Lesen un een kann snaaksche Saken köpen, de keen Wannersmann bruken deit un de in Kitara bet hüüt keeneen hebben will. Man de Schangs, sik bi't Töven de Fööt to baden, de gifft dat nich. Keen vun de Hiesigen lengt dor na, un so loopt se denn vun Morgen bet Avend in datsülvige Tüüch un desülvigen Schoh rüm un mit densülvigen Hoot op den Kopp. Un wo se den tokamen Dag desülvige Kledaasch wedder antrecken wüllt, dröfft se nich würklich sweten. Dorüm un dorför, dat se dat Tüüch nich afsliet, mööt se langsam gahn. Lopen dröfft blots Kinner. En utwussen Minsch löppt nienich – he fohrt. Wo se sik so wenig bewegen doot, nimmt jemehr Liev so dull en anner Form an, dat se sik nakigt nich mehr wiesen kunnen, ok wenn hier keeneen Tüüch anharr. Vele Mannslüüd seht ut as en Mast-Hund oder as en Nilpeerd vun Ukonse.

Du wullt weten, wat mit de Suldaten vun dat Land los is, un wat mit de Froenslüüd? Dat warr ik Di later vertellen.

Dat gifft so veel, wo ik vun afstahn mütt, wenn ik mien Opdrag inlösen will, dat ik allens över düt Land utkloken do. So as düt Volk leven deit, is dat Gift för mi un mien Gesundheit. Wat mien Liev vun buten angrippt, un wat ik vun binnen in mien Liev rindoon mütt, so lang as ik hier bün, dat is to mien Schaden.

Twee Saken blots sünd vun de Heimat tohoop mit mi hier herkamen: De Sünn, de mien Rüch mit ehr Strahlen warmen deit, un de grote Vagel, de al vör mi na Kitara trüchkamen un mien König Gröten bringen warrt vun sien Dener

Lukanga Mukara

DE DRÜDDE BREEF: DAT HANDWARK VUN'T SCHRIEVEN UN LESEN – RIEK UN ARM – DE WASUNGU SÜND KENE MINSCHEN – DE FROENSLÜÜD

Kamarere Rugawa, Vadder vun de Rinner! Nu schriev ik Di al dat drüdde Mal. Un Du warrst seggen: Lukanga schall doch na Huus kamen, un he schall uns allens vertellen, un nich en Narichten-Bringer schicken mit Papeer mit schreven Schrift op. Verleer nich glieks de Geduld – allens mütt sien Tiet hebben. Bün ik bald wedder dor, denn heff ik nich veel to sehn kregen. Man wenn ik en lange Tiet wegbliev, denn kannst Du dormit reken, dat ik dat Land vun de Wasungu nipp un nau kenn un vele Saken in mi opnahmen heff, dat ik Johr un Dag vertellen kann un Du Johr un Dag toluustern kannst.

Wenn ik mi nu jüst dat Handwark vun dat Schrieven ankieken do, denn is dat reinweg nich to begriepen, dat mi in düt Land keen Sungu in de Mööt kümmt, de dat Schrieven nich lehrt hett. Ok de Kinner vun de Buern köönt mit Farvwater un Fedderkiel ümgahn un köönt de Teken vun anner Lüüd lesen. Un de, de jem dat Schriev-Handwark bibringt, glöövt, de Buern kriegt dorvun mehr Koorn op den Halm un se hebbt mehr Veeh in'n Stall.

Wiss – enige Wasungu hebbt dor goot vun, dat se schrieven un lesen köönt, un se warrt dor klook un verstännig vun. Dat gifft aver ok Lüüd, för de is dat en Last, dat se sik mit de Teken utkennt. Un en Barg vun de, de sik mit de Teken utkennt, warrt dor keen Spier beter vun. Denn kiek: In düt Land gifft dat Gesetzen, de vun jeedeen verlangt, dat he Schrieven un Lesen lehrt. Man dat gifft keen Gesetz, dat fastleggt: Du schasst nix opschrieven, wat leeg is; Du schasst nix lesen, wat leeg is. Un so schrifft sik veel legen Kraam weg över en Volk, dat schrieven kann. So'n Gesetz kann dat nich geven, wo binnensteiht: Keeneen dröfft lege Saken schrieven. Denn wokeen will fastleggen, woneem dat Gode ophöört? Un jüst dat Lege, dat sik achter dat Gode versteken deit, is de gröttste Last för de Minschen. De Wasungu hebbt schreven Wöör, de so goot sünd un so kloor as de Luft in de Bargen vun Bugoie in de Regentiet. Man blots ganz poor kriegt düsse reine Luft in jemehr Nees. De meisten rüükt nix anners as den dumpigen Daak vun't Moor. Mang de, de schrievt un schreven Wöör verkööpt, sünd vele, de nich schrievt, dat se de Lesers wat künnig maakt, wat Belang för jem hett, nee, se sünd achter nix anners her, as dat se so veel Geld dorför kriegt as't man geiht. Un so fichelt un keddelt se de Lesers un vertellt jem vun en Welt, wo ok de Dösigste un de gröttste Fuuljack mit sik tofreden ween mütt un wo in so'n Lüüd gor keen Drift opkümmt, dat se beter warrt un na baven opstiegt. Woans schall een sik denn dat Betere vörnehmen, wenn se em den legen Kraam as dat Beste vörhoolt! So süht dat ut mit dat, wat de, de sik mit de Teken utkennt, schrievt, vertellt un överall bekannt maakt. Man ok in't gewöhnliche Leven stickt Gefohr in de schreven Schrift binnen.

De Hutu in Kitara kann nich schrieven, un he dröfft dat ok nich lehren. He kickt sik den Mann an, de snacken deit, fraagt, ut wat för en Familie he kümmt un wat he beleevt hett. Wenn he dat höört hett, weet he: Den Mann sien Woort gellt wat – oder sien Woort gellt nix. Is de anner nich na sien Sinn, denn kümmert he sik nich wieder üm em. För den Buer in Düütschland is dat nich licht to, dat he achter de schreven Wöör den Mann rutkennt, op den he sik verlaten kann.

Du wullt wiss weten: Woans kann de düütsche Buer sien Feld beschicken, wenn he schrieven un lesen kann? Woso he dat kann, Mukara, dat bün ik op mien Reis dör dat Land wies worrn. De düütsche Buer is plietsch un finnt sien Weg: Schrieven un lesen deit he man wenig, un faken vergitt he dat ok na en korte Tiet. Wenn he denn mit en annern wat to besnacken hett, denn schrifft he dat nich op, nee, he geiht, jüst as en Hutu, fief Stünnen över Land. He bringt denn de Antwoort, de beter is, as wenn een ehr opschreven harr, glieks mit na Huus. Ok wenn dat Gesetz hier dat Schrieven verlangt, kriegt se dat also trecht, dat in dat düütsche Land vör den Harvst dat Koorn hooch an den Halm steiht un dat Wischengras över den Rüch vun den Riedbuck tosamensleit.

Ik heff Di al vertellt, dat de Wasungu vun sik seggt, se sünd Minschen. Un ik weet, woso se dat doot. Dat hett jem Riangombe, de nienich slöppt, ingeven, dat se sik as Minschen föhlt. Wullt Du dat ok begriepen, denn legg Du, Helllüchten Sünn, dat Fell vun en Otter an de Bööm vun Diene göttlichen Vörvadders ut, sett Di dor suutje daal un kiek de Termiten to, de in jemehr Huus ut Eer leevt. Wat büst Du för düsse lütten Deerten? Se kennt Dien Schadden. As wi dat kennt vun den Schadden, den en Wulkenbarg op uns daal schickt. Se kümmert sik nich üm Di. Nix Grötters kennt se ünner de Sünn as sik sülvst. „Wi sünd Minschen", seggt se, „sünd de denken Köpp, un de Welt is maakt för uns Denken un Föhlen." De wannern Miegeemken un all de annern Miegeemken sünd na se ehr Weltbild „Wille", un vun Rupen un Sebbers, de se in jemehr Eerdhüüs rinsleept, seggt se, dat sünd Deerten vun den gemenen Slag – se föhlt nich, denkt nich, allens, wat se hebbt, sünd „Instinkten". Se seggt ok vun sik, keen anner harr de richtige Sicht op de Welt. So hett Riangombe jeedeen Kreatur ingeven, se schull sik för den Middelpunkt vun de Welt ansehn un nix anners mitkriegen as de Eer, op de jemehr Fööt staht.

Dat is bi de Wasungu nich anners. Ok se meent: De Eer is blots för jem maakt worrn, un dat se dat Beste sünd, wat op düsse Welt vör Dag kamen is.

Du groot Licht, hett de, de de Welt maakt hett, dat nich klook inricht, dat jedereen mit sien Levensweg tofreden ween kann? Tofreden heet: He maakt dat, wat för em bavenan steiht. Dat is doch so: De Arme kann tofreden ween, un vergrellt is blots de, de Smacht hett un tokieken mütt, dat anner Lüüd mit Eten un Drinken rümaast. Is een aver alleen, kann he sogor Hunger lieden: Wo dat nich jüst to dull is mit den Hunger, kann sogor de tofreden ween, de wenig hett un den dat Hart un de Seel drücken deit. Denn wenn een mehr hett as de anner un mehr Puhei üm sik versammelt as de Arme, denn meent de Arme doch, de Rieke is blots för em dor; dat de Rieke em en Freid maakt mit all sien Lichtwark un Glitterkraam, den he Stück för Stück antrecken mütt. Un de Rieke deit den Armen noch leed, dat de nich ut Lust un Vergnögen eenfach tokieken kann, wo doch keeneen mehr hett as he. Un de mit Geld un Macht vergitt, dat he egentlich nix anners is as en Schauspeler, de sik to rechter Tiet antrecken mütt un anmalen laten. Un de denn to rechter Tiet, vun rechts oder links, op de Bühn kamen mütt, dat de Arme en Spektakel to sehn kriggt. Dat vergitt he. He meent sogor, de Arme is blots för em op de Welt, as Tokieker. Un dorüm deit de Arme em leed.

Hier will ik Di as Bispeel vun en Saak vertellen, de ik beleevt heff. En groten Feldherr vun dat Land wull sik siene Suldaten wiesen. De harrn sik versammelt. In Fredenstieden wull he jemehr Strietlust anfüern. He wull sik ok bi de eenfachen Lüüd wiesen. De stünnen dicht an dicht op den Platz un keken to. Ok ik stünn as Tokieker mang de lütten Lüüd. De Luft weer hitt den Dag. De Feldherr keem an. He seet op en staatsch Peerd, harr sien Liev mit Tüüch ümwickelt, dat dicht un swoor weer, un vun baven bet ünnen hüngen an em bunte lütte Metallstücken un Keden. Op sien Kopp harr he, jüst as all siene Suldaten, en Putt, den sien Ünnersiet baven weer. Un dor harr he den Steert vun witte Höhner an fastmaakt. Dor, woneem he jüst vörbikeem, weren de Lüüd an't Schreen, un de Feldherr müss denn mit sien rechten Arm sien Kopp anfaten. Un dor is em bannig warm bi worrn. Vele Eddellüüd op't Peerd un mit klöörte Ümhäng kemen achter den Feldherr her, un all hebbt se bannig sweet.

Dor heff ik markt: De Eenfachste mang de Tokiekers harr den Indruck, dat grote Speelwark weer blots för em maakt worrn. So dünkt he sik freer as sogor de Feldherr un sien Lüüd, na den se all opkieken doot. Blangen mi sä en Mann to den annern: „Du, Emel, komm, lass die man alleene schwitzen, mir jehn pennen." Düsse Wöör, de ok för de Mundoort vun en bestimmte Gegend staht, hebbt mi kloormaakt, wat ik Di vundaag opschreven heff: Jeedeen kickt op de Welt un op sien egen Rull, as wenn he sülvst in de Mitt vun en Krink weer.

Un jüst dorüm kaamt de Wasungu ok op de Idee, dat se sik Minschen nöömt. Se denkt sik dor nix bi. Se meent wohrhaftig: Se sünd Minschen. Riangombe hett jem ingeven: De schüllt sik as Minschen föhlen.

Wiss, Mukama, de Wasungu sünd kene Minschen; denn se sünd gottlos un weet nix af vun Riangombe un vun de Blomengaven. Man liekers schullen wi versöken, jem to verstahn. Un wi schullen nich glöven, dat uns alleen dat Licht lüchten deit. Riangombe hett jeedeen Wesen en anner Bild vun sik mitgeven. Un he wull, dat jeedeen vun siene Kreaturen op ehr egen Oort groot is. Mi dünkt: Jüst dorin wiest sik sien Gröttde un sien hogen Sinn. Un wenn ik Di ok mennicheen Saak vertell, de mi bi dat Doon un Denken vun de Wasungu as groten Blöödsinn vörkümmt, so kümmt mi dat doch kloor vör Ogen: Wi kunnen de Wasungu nich beter maken un ok nich anners, ok wenn wi uns dat vörnehmen deen. Denn wenn wi wat an jem ranbringen wullen, uns Spraak, uns Oort to Danzen oder sogar, wat uns Leven un Denken utmaakt – dat allens weer frömd för jem, dat weer wat, wat nich ut jem sülvst rutkamen is. Se wörrn dat annehmen. Un ok wenn se denn wat harrn, wat bi uns goot is, so weer dat bi jem liekers nich goot. Ja, ik lach jem wat ut; wenn nu aver gor nix goot weer an jem, denn harr ik dor gor keen Spaaß an, jem so lang un breet un so vun baven bet ünnen antokieken. Mi kaamt dor Wöör in den Sinn, de hett Rugaba, de kloke Mann vun Sabinjo, faken seggt: „In Allens, wat is, is Gott, un Allens, wat is, is groot. Blots wat Gott Di nich opgeven hett, dat Du dat versteihst, dat dünkt Di lütt in de Natur. He will, dat Du dat as nixig ankieken deist. Man Du dröffst dor nich op daal, dat to ännern. Denn dat is jüst so groot as Du sülvst."

In den Stamm vun de Wakintu hett Riangombe anleggt, dat se in en anner Kreatur dat seht, wo nix an fehlen deit. Dorüm sünd de Wakintu de Minschen; düsse kloke Mann vun Sabinjo hett aver an Dien Hoff faken de Geschicht vun den Hund vertellt, de een Sinn mehr hett as de Minsch:

Du geihst mit den Hund un hest em an de Lien. Dor ritt he Di na vörn un schufft sik mit Gewalt över en Spoor, de Dien Oog nu eerst wies warrt. As Du en witte Koh ut en Koppel rutkennst, so rückt de Hund de Spoor vun den een Steppenbuck rut, achter den he ran is. Un wo Du in den Bambusbusch nich dree Schreed wiet kieken kannst, vertellt de Wind den Hund, woneem dat Wild dichtbi steiht. As de Hund dat marken kann, wat Du nich rutkriggst, so gifft dat Kreaturen, de de Saken mit en anner Slag Verstand ankieken un opnehmen doot as wi. Dat is lichter to, wenn een seggt: „Ik rüük nix, dorüm is dor nix", as wenn een togeven deit: „Uns Gaven langt dor nu mal nich för, dat wi allens to weten kriegt."

Ik heff Di al vun dat vertellt, Mukama, wat sik de Wasungu antreckt. Un nu will ik Di ok vun de Froenslüüd Bericht geven. Dat is för mi nich licht to, ruttofinnen, wat dor würklich achter stickt. Blots düt hier weet ik al wiss: De Froenslüüd vun de Wasungu warrt op künstliche Oort in en Form vun Unnatur presst. Un wat dor an Unnatur bi rutsuert, dat staffeert se mit Fell, Tüüch, Flechtwark, Ledder un Feddern vun wille Deerten so ut, dat dor en ne'e Kreatur bi rutkümmt, de nix mehr to doon hett mit de natürliche, smucke Froensgestalt, de wi vun de Wakintu her kennt. Naakte Froenslüüd un Deerns kriggt een narms to sehn, nich op de Straat un ok nich bi de Arbeit op't Feld. Ok baden doot lang nich all vun jem. Un de, de baden doot, hebbt en Antog an. Un keeneen dröfft sik jem vun dicht bekieken. Blots an'n Avend, wenn de Wasungu tohoop eten un danzen doot, sünd de Deerns meist naakig, un blots en Deel vun dat Liev is mit Kledaasch bedeckt. Se dröfft dat nich wagen, dat se gor nix an hebbt. Denn jemehr Liev, dat sünd twee Delen. De een hangt blots so'n lütt beten an den annern an, man vun buten höllt jem en Stellaasch tohoop, dat sik nich rippen un nich rögen lett. Över düsse Stellaasch deckt se ok an'n Avend en beten Tüüch över. Man kloor: nich mehr as afsluuts nödig is.

Harrn de Froenslüüd keen Stellaasch nich, se wörrn tohoop-klappen un kunnen nich liekop lopen. Mi dünkt, düsse Stel-laasch hebbt sik de Mannslüüd in urole Tieden utdacht. Se hebbt de Froenslüüd dat opdrückt, dat se sülvst beter wegkaamt, ok wenn se fuul sünd un en Leven leevt, dat jem de Knööv un de Gesundheit nimmt. De Lievstellaasch is so inricht, dat de Fro nich recht Luft kriggt. Dor, woneem dat Liev in de Brede gahn schall, warrt dat mit Macht tosamenholen, un en Stück vun de Lung fuult vun binnen weg un starvt, denn na sien Natur kann dat nich leven. Wat dor fehlen deit, dat is de depe Aten. Dorüm kann de Fro nich lopen un sik nich rögen. Dorüm warrt dat Fleesch ünner de Stellaasch mickerig, un dat Liev warrt baven un ünnen gräsig dick, wat de Wasungu smuck finnt. Ok bi de jungen Deerns drückt se dat Liev al mit Macht tohoop. Se sünd bang, de Deerns kunnen to lang gesund blieven. Un so kümmt dat ok: De meisten Froenslüüd sünd fröh al krank un klapperig, un de Mannslüüd grient sik een un snackt vun dat „schwache Geschlecht".

In jemehr Lievstellaasch beweegt sik de Froenslüüd as en Schildkrööt op twee Been. Du kannst Di dor keen Bild vun maken, woans dat utsüht, wenn en Fro de Straat langs geiht un ehre Been ünner de stieve Stellaasch rutstrecken deit. Un wenn se eerst ehren klutzigen Bülten vun Liev op en Stohl schufft, wenn Arms un Been daalhangt un de Kopp eenfach so hen un her dengelt, denn föhlt en swarten Mann mit Bildung un Anstand mit so'n Kreatur mit, de se so afasig maltreteert hebbt.

Mi kümmt faken in den Sinn, wat de Deerns vun Kitara doch för en smödigen Liev hebbt, wenn se sik över de Oornt op't Feld böögt, woans se mit en vullbuukte Kruuk op den

Kopp loopt un woans, wenn se gaht, jemehr Liev de schülperige Last vun dat hen un her lopen Water still maakt. Un ok an den Danz mütt ik denken, as wi annerletzt dat Fest vun den König sien Lanz fiert hebbt. De Deerns güngen rund üm de Wand ut Pieken un harrn Telgen mit Blööd twüschen jemehr Arms, de se hooch in de Luft utstreckt harrn. De vulle Maand lüch op Figuren ut Sülver un Ebenholt. Man de Figuren weren lebennig. As de stevige Stamm vun de Maisplant in den Wind, so hebbt se sik na den Takt op un daal böögt, bi Trummelslag un Fleitentoon.

Dat kümmt in mien Seel to Hööchd, wenn ik hier in düt Land den fründlichen Klang vun de Fleit höör. Dat do ik faken.

Denn ok wenn de Wasungu as Kreaturen wiet ünner de Wakintu staht, so sünd se doch in een Saak gewaltig groot: in jemehr Kunst, mit Klang un Toon vun de Welt to vertellen. Se rievt mit Peerhoor op dreihten Schaapsdarm, de över en holl Stück Holt utspannt is; se blaast op Hollfleiten, de veel smucker sünd as uns Bambusrohren, un in Kuduhöörn un Muscheln, de se ut Metall maakt hebbt un ut de se en Barg ünnerscheedliche Toonoorten ruthaalt; se slaat op Iesen, Holt un straff maakt Fell. Dormit maakt se en Stroom vun Töön, de faken mien Hart opwallt, vör Freid un vör Kummer. Denn dünkt mi, ik sitt an den Strand vun Ukerewe un seh to, wo de Sünn achter de Kurwibargen ünnergeiht. Vun Ukara her weiht de Wind, de Bülgen rullt gegen dat Land, un Ibissen kreiht, wenn se dör de Luft treckt.

Ja, stell Di dat vör, Mukama, den Klang hebbt de Wasungu ut mien Kinnertiet nahmen. Wokeen hett düssen Klingklang blots na de Wasungu bröcht? Wokeen hett jem in den Kopp sett, dat jüst dat Land ruttohören is, wo Lukanga toeerst Leevde un Kummer föhlt hett? Lukanga snackt de Spraak vun de Wasungu, man de ehr Denken versteiht he nich; aver ut jemehr Klangbiller snackt de Wasungu in en Spraak, in de he jem deep binnen versteiht.

Düssen drüdden Breef schick ik Di, grote Mukama, ut Düütschlands grote Stadt, opschreven mit de Hand vun een, de wiet ünner Di steiht. Dien

Lukanga Mukara

DE VEERTE BREEF:
WOSO DE WASUNGU HEN UN HER LOOPT UN FOHRT

ukama! Du wullt weten, för wat de Wasungu Wagen bruukt un woso se egalweg hen un her fohrt? Denn denk an den Weg vun Niansa na Rubengera. Nu geiht en Dreger dor veer Daag, en Kurier bruukt twee. De Sungu wörr bigahn un en Iesenbalkenweg boen, dat düsse Kurier in blots een Dag ankümmt. Dat se düssen Weg aver boot, dorför mööt dor Dusende Minschen hengahn un arbeiden un wedder trüchgahn. Annern mööt düsse Lüüd wat to eten un to drinken bringen un Füerholt. Dorüm mütt en Höker kamen mit vele Lasten an Tüüch, Mützen, Parlen un Kööm. Denn en Sungu, de an de Kant steiht, schreet un wat opschrifft. Denn de Woren för den Sungu. Denn Dregers, de Holt un Steen för en Huus bringt, woneem de Woren vun den Sungu rinkaamt. Denn en Sungu, de düsse Woren tellt un opschrifft un dor Stüern för innimmt. Ok för em mütt en Huus boot warrn un noch een för den, de oppasst, dat de Geldindriever dat Geld nich för sik behöllt. Un batz steekt wi al middenmang in dat, wat de „gesunne" Afloop in de Wirtschaft heet. Denn kümmt ok bald en Sungu an, de Biller maakt vun den Bedriev un dor en Book vun schrifft. Se boot en Huus, woneem se de Wagen vun de Iesenbahn wedder trecht maakt. In düt Huus arbeidt Lüüd, de mit en Wagen afhaalt warrt. Dor bruukt een Kahlen un Holt för. De

haalt man mit de Wagen un bringt de Maschien vun den Wagen mit de Kahlen in Gang. Se boot also de Wagen dorför, dat se Kahlen ranhaalt, un se haalt de Kahlen dorför, dat se Wagen boot. All sünd se an't Lopen, all sünd ünnerwegens, dat rookt un larmt un röppt na de ne'e Tiet. Nu is also dat in Gang, wo de Wasungu Kultur to seggt. Ok treckt dor Kooplüüd, Köömhöker un Deerns, de een köpen kann, hen, dat se de Arbeiders dat Geld wedder afnehmt. Un wo de Arbeiders denn na mehr un mehr verlangt un de Kööm de Saak dör'nanner bringt, mööt se mit de Wagen Wachlüüd mit Scheetgewehren dor henbringen un anner Mannslüüd, de opschrievt, wat för en

Oort vun Dör'nanner dat is, un woans dat heten deit, wat de Arbeiders dor an Dör'nanner vör Tüüch bröcht hebbt. För düsse Schrieverslüüd mööt se aver wedder en Huus boen. Dat aver de Arbeiders, de wat utfreten hebbt, nich eenfach so na Huus gaht, solang nich allens vun vörn bet achtern opschreven is, mööt se en Verslag boen. Dor sparrt se de Arbeiders in, geevt jem wat to eten un passt op jem op. Man se mööt wedder mit den Wagen Kahlen un Iesen ranhalen, dat se Trallen för den Verslag maken köönt. Denn mööt se en Waterleitung in de

Hüüs bi de Schrievers un de Wachlüüd rinleggen, un künstlich Licht mütt dor ok rin, dat se ok nachts schrieven köönt, wenn de Natur dor en P vörsett. Denn mööt se en Huus boen för den Mann, de opschrifft, wokeen vun de Schrieverslüüd „Herr Ober" heet. Un noch en anner Huus, wo se sik in utklamüüstert, wo veel jeedeen Huus betahlen schall, dat se de Wach- un Schrieverslüüd ok betahlen köönt. To allens dat seggt se „Regerung". So kümmt en grote Stadt vör Dag, en kulturellen Middelpunkt, as de Wasungu seggt, un allens dat kümmt blots dor vun, dat en Kurier op den Weg vun Niansa na Rubengera gauer ween schull. Düsse Stadt warrt grötter un grötter, un denn mööt mehr Wagen fohren un noch mehr un noch mehr. Denn bruukt se Hüüs, in de se de Wagen instellt, un ok wedder Lüüd, de düsse Hüüs boot, op jem oppasst, jem tellt un dat allens opschrievt. Wo aver de Minschen in so'n Stadt un bi so'n Dagwark brägenklöterig warrt, boot se buten vör de Stadt grote Hüüs, un dor sparrt se de dördreihten Minschen in. Dat bringt wedder Arbeit, un de Wirtschaft dreiht sik mehr. De Lüüd aver, de noch nich ganz mall sünd, mööt, wenn se nich heel un deel dwallerig in'n Kopp warrn wüllt, faken ut de Stadt rutfohren, dat se in de Wischen un in't Holt allens ut sik rutschreet, Blomen afriet, Deerten maltreteert un verjaagt. So fohrt denn wedder vele Wagen mit Minschen hen un her. Denn aver mööt se in dat Wischenland un in't Holt Hüüs boen, wo düsse Halvkloken Kööm un Smöökrullen köpen köönt, un se mööt Kisten opstellen mit Maschinen, de Larm maakt. Dat is de Wasungu so richtig na de Mütz. Se maakt dor en Barg Rook to, geet sik Drinkwater in jemehren Hals, un denn gröölt een den annern an. Denn kümmt een un maakt Biller vun jem, mit en Drinkbeker in de Hand. Dat een aver in

dat Wischenland weet, woneem de Köömhüüs staht, mööt se
an den Krüüzweg Wiespahlen opstellen. Dor steiht denn op,
woans de neechste Köömborn heten deit un wo wiet dat bet
dor is. Op düsse Wiespahlen mööt welk oppassen, dat jem
keeneen wegnimmt. Dorför nehmt se Mannslüüd mit Scheet-
gewehren in Deenst. För de boot se wedder Hüüs. Wo so'n
Wiespahl Geld kösten deit, sparrt se den Weg mit en Boom af,

den se blots denn apen maakt, wenn de Wannersmann Geld
betahlt. Bi den Boom mööt se denn en Huus boen, wo de in
wahnt, de oppasst, dat de, de dat Geld insammelt, ok nix in sien
egen Tasch stickt. Ok mööt Wachlüüd oppassen, dat jeedeen
betahlen deit un nich eenfach so üm den Boom rümgeiht,
un wenn en Koppel Halfkloke kümmt, dat de denn ok all op
de Siet vun den Weg gaht, woneem de rechte Hand is. Dat aver
de Halfkloken lesen köönt, wat op de Wiespahlen steiht un wo
wiet dat bet na de neechste Köömkaat is, mööt se Hüüs boen,
wo en Mann de Kinner sleit, bet dat se lesen un tellen köönt.
Dat duert acht Johr. Ok för düssen Mann mööt se en Huus
boen. Un noch een för den, de oppasst, wannehr düsse Mann
so veel slaan hett, dat he den Naam „Herr Ober" verdeent hett.

Denn een Huus för den, de op de Lüüd oppasst, de sik den Naam „Herr Ober" geevt un dat gor nich dröfft, oder de iesern Knööp op de Bost dreegt, ok wenn se dor noch gor nich oolt noog för sünd. Dat een aver weet, wannehr een so oolt is, dat he iesern Knööp anhebben dröfft, mööt se bi jeedeen de Johren tellen, un dat mööt se in Böker rinschrieven, wo een nakieken kann, an wat för en Dag jeedeen ut dat Liev vun sien Mudder rutkamen is. Dorüm mööt se Hüüs boen un mööt Wagen hen un her fohren, bi Dag un Nacht.

Dat also stickt dor achter, dat de Wasungu Wagen bruukt, Wegen mit iesern Balken boot un egalweg hen un her fohrt. Een Saak heff ik Di aver noch gor nich vertellt, un de warrt Di verwunnern un verbasen. Dat is: Wat de Wasungu an Breven schrievt. Dat is so mall, ik finn dor meist keen Wöör för. Dat gifft in Usungu nich een Huus, wo nich Dag för Dag en Kurier henkümmt, de Breven bringt. Wat schrievt aver de Wasungu? Dat, wat jeedeen sounso weet: „Ik bün hier un drink." „Ik

kaam morgen", „de Wagen fohrt", „dat Eten smeckt". Oder se stüert sik Biller to, wo se vör sik en Drinkbeker hoolt un dor en dösig Gesicht to maakt. Oder se schrievt vunwegen Geld.

Laat mi dat so seggen: Allens, wat se doot, un allens, wat se föhlt, schrievt se noch mal op. Dorüm fohrt Kurieren mit Wagen hen un her, un se mööt Hüüs boen, woneem se de Breven nakieken doot, un anner Hüüs, wo de in wahnt, de oppasst, wannehr de, de de Breven nakiekt, de Naam „Herr Ober" kriegen dröfft. Un opletzt mööt se de Breven tellen, un ok, wo veel Lüüd hen un her fohrt un wo vele Johr de Breevkurier länger leevt as de, de Dag för Dag Kleder un Büxen neiht. Vun all düsse Saken meent de Wasungu, se warrt klökere un betere Minschen, un wenn se en nee Huus boot, kaamt se tohoop, hoolt Anspraken un gröölt: „Ra! Ra! Ra!" – wat nix anners bedüden deit, as dat se sik gottsallmächtig freit. Achteran geet se Duselwater in jemehren Hals rin.

Bi de Wasungu is ok düt noch narrsch. Wenn Du in Kitara fragen deist: Wokeen is dat? Denn heet dat: Muntu, en Minsch! De Wasungu aver deelt de Minschen na dat in, wat se doot. Op wat se daal wüllt, dat is: Jeedeen Minsch schall blots een Oort an Narrenkraam maken. So köönt se rutkennen: De maakt düt, un de maakt dat. Un se hebbt noch mehr, wat se tellen köönt. De Tellkuddl hett mi mitnahmen in en Huus, wo en Barg Mannslüüd Metzen sliept hebbt. Se weren all bleek üm de Nees. Ik wull weten, woneem düsse Lüüd jemehr Acker hebbt, un mi is verkloort worrn, se doot nix anners as Metzen sliepen. Blots so kunn een wiss un wohrhaftig weten, dat so'n Lüüd, de Dag för Dag Metzen sliept, dat de doot blievt, wenn se dörtig Johr oolt sünd. Un in sien Oog blinker dat vör Freid, as he mi vertell, dat de Levenstiet jüst so kort is bi de Minschen, de nix anners doot, as dat se de Suupbröder in de Steenlöcker Dag för Dag Liekendele, Pombe un Rookrullen bringt. Ik wull dat nich glöven un heff bi all de Mallbüdeleen schüttkoppt.

Man Kuddl sä blots, ik kunn dor nix gegen an seggen, de Wetenschaft harr dat allens faststellt, ahn Wenn un Aver. Un se seten dor an, dat se mit de Tiet noch betere Tallen kriegt. Ik heff nafraagt, för wat düsse Tallen goot sünd. Un he vertell mi en Narrenstück, dat keen Minsch glöven warrt. Mukama, ik weet nich, woans ik Di dat vertellen schall. Man höör to: Se betahlt Johr för Johr Geld in en Kass in. Dat sammelt Lüüd in, de dorför in en Huus wahnt, un schrievt dat op. Un wenn de Minsch doot blifft, kriggt de Anverwandten dat utbetahlt. Se meent: Se sünd so glücklicher. Dor betahlt nu en Metzenslieper wat anners as en Landbuer. Denn de Tellkuddls weet, dat de een länger leven deit as de anner. Dat düsse Reken opgeiht, dorüm mütt jeedeen bi sien Arbeit bibliven un dröfft nienich wat anners maken. Vunwegen düssen Narrenkraam mööt se also noch wedder Hüüs boen un Breven schrieven un Wagen hen un her fohren. Hest Du dat begrepen?

Denn weetst Du nu, wat egentlich düsse Wasungu maakt un woso se egalweg wat maakt. Ik segg Di dat: Se staht nienich still. Un dat maakt se, dat een den annern in sien gode Roh stöört. So sorgt se dorför, dat all de Lüüd dör'nanner lopen mööt un keeneen Tiet hett to'n Nadenken. Wat se nu aver maakt, dat is: All dat Hen un Her bringt se in de Reeg. Un dor sünd se stolt op. Denn vergeet se, dat se sülvst eerst de Unrast maakt hebbt, de gor nich nödig weer, un meent denn: Nu is allens op Schick.

Nee, mien Leven, Du kannst dat nich begriepen. Du warrst an Kitara denken. För wat schall allens in de Reeg? De Bargen sünd dor, un ünnen löppt dat Water in de Beken. Steiht dat Water hooch, dennso töövt een, bet dat wedder aflopen is. „Amri ya Mungu." Dat is Gott sien Order, fluustert de Wannersmann, un nimmt dat so an, as dat is. Dat allens in de Reeg is, steiht aver gegen Gott sien Woort, un den sien Straaf töövt nich lang. Ik warr later wat vun de Straaf vertellen. Düsse Straaf hebbt se verdeent; denn dat sünd Saken, de nix döögt, un en Kuddlmuddl, dat se jüst so un nich anners wullt hebbt, in dat unnöselige Lüüd allens in de Reeg bringt.

Dor wahn ik bi en Mann, de is Stüermann op en Wagen, de op iesern Balken fohrt. Ik bün mit em op Tuur gahn un heff mi verkloren laten, wat de enkelten Wasungu maakt, de in den Wagen mitfohrt. Een Mann weer dorbi, de boot Iesendele för de Wagen. Blangen em stünn en Mann mit en Sweert un en Metallpickel op sien Kopp. He mütt oppassen, dat de Wagen op de Straat keen Sungu överfohrt. Denn steeg noch en Pickel-kopp op den Wagen. Den sien Arbeit weer: He müss oppassen, dat de anner na em henkeek, siene Fööt tohoopklapp un siene Arms an't Liev drück – wat en Oort is to gröten. Denn seet dor en Fro, de harr en root Krüüz op ehren Arm. Se leggt de Minschen, över de de Bahn wegfohrt is, en Verband an. Denn en Mann, de de Hunnen infangt, de keen Blickmark üm den Hals hebbt. Blangen em seet en Mann, de in een vun de Hüüs Rookrullen maken lett. Denn een, de Pillen verköfft gegen de Krankheiten, de vun dat Rookstinken herkaamt. Denn en Tellkuddl, de opschrifft, wat för Lüüd Geld inbetahlt hebbt för den Fall, dat de Bahn över jem wegfohrt. För wat dat goot is, dat schriev ik later. Denn een, de verköfft de Kahlen, de de Wagen andrieven doot. Un een, de de Böker maakt, in de een nalesen kann, wannehr de Wagen fohrt. Jeedeen hett en Tietwieser op sien Buuk un kickt na, wenn de Wagen anhöllt un wenn he wedder losfohrt. Denn seet dor en Mann mit Glas-stücken vör siene Ogen. Den sien Arbeit weer: He müss över dat snacken, wat fröher mal weer un woans dat nu is. He hett mi vertellt, düsse Oort, na klore Regeln to fohren, dat wiest, wat för en hoge Kultur de Wasungu hebbt. Dor is mal en Tiet ween, as noch kene iesern Balken op den Weg legen, op den wi jüst fohren deen. To de Tiet harrn all seggt: Dat mütt nich ween, dat hier Wagen fohrt. Un mitfohren wörr keeneen. Nu

aver kann een sehn, wo gewaltig de Verkehr in Gang kamen is, blots dorvun, dat se Wagen boot hebbt.

Mi aver dünk: All düsse Döösbarthels weren ünnerwegens, nich dat se sik an't Leven freit oder dat Gode söökt, man blots dorüm, dat de Wagen fohren köönt. Oder dat se trecht kriegt, wat se mit dat Hen- un Herfohren twei maakt. Wenn all düsse Mallbüdels op jemehrn Acker blievt un bi jemehr Kinner, denn müssen kene Wagen op iesern Balken fohren. Un wenn kene Wagen fohrt, kunnen all en Acker hebben un tofreden ween.

Dorüm, Kigeri, wohr Du Dien wunnerbor Land dorvör, dat na de Oort vun de Wasungu allens in de Reeg bröcht warrt. Laat dat nich to, dat Tietwiesers in dat Land rinkaamt, de, wenn de Minschen dor op kiekt, jem mit dumm Tüüch den

Kopp verkielt. Minschen bruukt kene Tietwiesers. Bi Dag un Dau kreiht de Hahn. An'n Dag is dat hell, nachts is dat düüster. An'n Morgen geiht de Sünn op, an'n Middag steiht se ganz hooch baven, un an'n Avend geiht se ünner. Dat Leven aver is to Enn, wenn de Dood kümmt. Nix anners mütt de Minsch weten. Woneem aver Wagen fohrt, dor mööt ok Tietwiesers ween un ok Minschen, de düsse Wiesers boot un oppasst, dat se akkerat loopt. Un dat sorgt för all de anner narrsche Arbeit, de för nix goot is un vun de all Minschen süük warrt un jemehr Freid verleert. Wenn Du mi fraagst, jachtert all düsse Tietmall-büdels blots dorüm dör'nanner, dat de Wagen ok fohrt. Un se fohrt dorför, dat se dör'nanner loopt un dat een den annern in den Weg steiht.

Ik heff Di vun Saken schreven, vun de de kloken Lüüd in Kitara lever nix vun opnehmen schüllt, wenn se Minschen blieven wüllt. Ik grööt Di as Dien Dener

Lukanga Mukara

DE FÖFFTE BREEF:
WAT UN WOANS
DE WASUNGU ETEN DOOT

Mukama! Dien Königshart is vertörn, wo ik Di noch nich schreven heff, wat de Wasungu eet?

Du grote un allmächtige Herr! Segg Dien Volk, se schüllt twee Daag lang stillswiegen, dat de gräsigen Saken, de ik Di nu vertellen warr, överhaupt in Dien Kopp rinkamen köönt: De Wasangu eet de Seelen op, se sünd Kannibalen.

Se vermengeleert dat Eten, wat de Eer uns gifft, mit Stücken vun dat een oder anner Deert. Afsünnerlich dat Swien, Rindveeh un Peerd maakt se doot, un dat snidt un hackt se denn in dusend Stücken.* Hunnen slacht un eet se in en Stadt, de

---

* Lukanga höört, as düsse Breef wiesen deit, to en Stamm vun Swart-Afrikaners to, de blots Grööntüüch eet. Een Mann, de so groot worrn is, mütt dat aver snaaksch vörkamen, dat de Lüüd jüst nu in Düütschland vun Hunger snackt, wo dat Fleesch dürer worrn is.

Uns Lesers, de de vigelienschen Sichtwiesen vun Lukanga wies warrt, schullen sik mal kloormaken, dat wohrhaftig ganze Völkerschaften keen Fleesch to sik nehmt. Dat will uns wiss gor nich recht in den Kopp rin. – Wat Lukanga vun en Hunnenslachteree in Halle berichten deit, dat kann een ok in en Zeitungsartikel nalesen. Dor steiht: Wo överall Fleesch knapp is, hebbt se in Halle en Hunnenslachteree opmaakt. Un vele Lüüd nehmt dat geern an. Hans Paasche.

Halle heet. Kattenfleesch mengeleert se blots heemlich mang dat Eten. Keeneen wörr dat köpen, schull dat een op den Markt bringen. Dorüm snibbelt se dat in lütte Stücken un sammelt dat tohoop mit anner Fleeschstücken in Tunnen. Denn doot se dat in den Darm vun en Koh rin un verkööpt dat. Dat gifft ok Gegenden, dor vermengeleert se dat mit Mehl un Fett un eet dat ut en Musselschülp. Blots Minschen dröfft se nich slachten un opeten.

Nu is dat nich so, dat ik allens, wat ik Di opschrieven do, sülvst beleevt harr. Nee, dat een oder anner hett mi en Mann vun den wietlöftigen Stamm vun de Korongo* vertellt. Man anner Saken heff ik mit mien egen Ogen sehn, un dorüm glööv ik dat, wat de Korongo mi vertellt hett.

Ik heff en Mann sehn, de hett dode Kalver, de opsneden un noch vull mit Bloot weren, vun en Wagen op sien Puckel nahmen. De hett he denn in en Huus so ophangt, dat jeedeen, de dor langs keem, de Doden ankieken müss. Un Mannslüüd un Froen lepen vörbi un weren vergnöögt, ok wenn se dat sehn hebbt. De Mann hett ok Stücken vun dat Binnenleven vun Deerten ophangt un dor Tallen anschreven. Denn he wull dor Geld för hebben, wenn een dat köpen schull. De Doden riet se in Stücken, un de Stücken verkööpt se, as wenn dat en Appel oder en Beer weer. Ok dat Bloot vun de Deerten eet se.

Ik heff seggt: de Wasungu eet. Dat stimmt nich: Se sluukt. Un allens, wat se in jemehren Mund rindoot, is dorför inricht, dat se dat daalsluukt un nich eet. De een oder anner mang de

---

* Korongo heet „Groten Reiger-Vagel". Lukanga meent dor woll den „Wannervagel" mit. Hans Paasche.

Wasungu kann dat woll: en Mahltiet eten. De meisten aver doot nix as sluken. Jemehr Spraak kennt twee Wöör för „Eten opnehmen": „eten" un „freten". De sluken doot, meent vun sik sülvst, dat se eet un dat de Deerten freet. Man as ik en Jung wiest heff, woans en Koh op de Wisch Krüter söken dee un em vertell, ok he schull man lever „freten" as dat Veeh, is he vergrellt worrn.

De Wasungu maakt de Swien, de se eten wüllt, eerstmal krank, dat se gewaltig dick warrt. Se bringt düsse Deerten dorto, dat se gau daalsluukt un sik denn henleggt. So fodert se de Deerten an. Un jüst as de Swien, so fodert se ok sik sülvst an.

Dat maakt se op velerlei Oort. En Sungu töövt nich mit dat Eten, bet dat sien Maag sik mellt, nee, he geiht hen un süht to, wat he nich jichenswat faat kriggt, dat he geern daalsluken will.

Dat he weet, dat dat ok henhaut mit dat Anfodern, sett he sik to en bestimmte Klockentiet to'n Sluken hen, ok wenn he gor keen Smacht hett. Un dat nich in en düüster Kamer un ok nich alleen, man tohoop mit anner Wasungu. Siene Ogen ritt he bi't Sluken wiet op. Wenn he en Happen daalsluukt, kickt he op en Blatt Papeer, wo opsteiht, wat för en Happen achteran kümmt. So kann he gauer daalsluken. Wo he aver nich eten deit vunwegen sien Smacht un dat Eten ok nich smeckt, itt he mit siene Ogen, un he is denn jümmers al bi den Happen togang, de glieks kümmt, un nich bi den, den he jüst in sien Mund hett. Op dat Blatt Papeer steiht keen Eten op, man Saken, de vermengeleert sünd un in lütte Stücken hackt. Dat dat nich dörkaut warrt, dorför gitt de Sluker wat to drinken in sien Mund rin. All de Wasungu maakt dat so, dat se ok dat Drinken daal sluukt un dat se nich sugen doot. Vele maakt, wenn se dat Anfodern noch mehr in Gang bringen wüllt, düt: De Wasungu snackt sik af, dat se mit en Koppel Lüüd üm en Disch rüm sitt un all datsülvige Eten daal sluukt. Ok wenn se keen Smacht hebbt, kriegt se dat hen, dat se denn Bargen un Bargen daal sluukt. Deners kaamt langs, de dat dor op anleggt, dat den Sluker sien Janker noch grötter warrt. Dat löppt so af: Se hoolt dat Eten, vun dat de Sluker vörher den Naam op dat Blatt Papeer leest hett, jeedeen Sluker, een na den annern, för en korte Tiet lang vun achtern vör dat Gesicht, bet he sik dor wat vun opfüllt hett. Wo nu all Slukers wat vun desülvige Schöttel nehmt, meent se, dat kümmt dor op an, de annern wat weg-tonehmen un sik sülvst en däägten Slag to sekern.

Wenn se denn anfangt, sik dor wat vun in den Mund to doon, gröölt een den annern an. So mööt se all allens gauer daal sluken. Ok sett de Deners dor allens an, dat se de Slukers vun achtern in een Tuur drauht, jem warrt de Töller, op den dat Eten liggt, batz wegnahmen. Ok dorvun warrt dat Sluken noch gauer. Dat de Slukers aver ok wat luut bölken mööt, dorför blaast twölf Mannslüüd op de Hoorntuut un maakt bannig Larm.

Wenn ik denn aver an de Gedichten vun Rubega denk, kümmt mi dat vör, as wenn ik ut en verrökerte Stuuv rutkaam un in de frische Luft stah. Ik will, Mukama, hier de Wöör vun den groten Preester opschrieven, dat ik mi wedder kloor op jem besinnen kann. Rubega seggt:

„Kiek Di, Minsch, en Nutt an. Woso is ehr Karn inpackt in en faste Huut? Dorför, dat de ene Minsch ehr utpackt un de anner ehr opeten deit?! Nix dor! Dat de, de ehr eten schall, ehr ut de Huut rutpuult un sien Mund nich op een Slag bet baven hen vull laadt.

Du schasst, wenn Du eten deist, noch weten, ut wat för en Eer dat Eten kamen is. Un büst Du dor ok nienich ween, so schall Dien Lengen dorhen lopen, wenn Du eten deist.

Dorüm gah hen na de Kamer, de för dat Eten un Drinken inricht is, un bliev dor alleen, bet dat dat Lengen Di satt maakt hett.

Man Du schasst liggen, wenn Du eten deist.

So hest Du an den Ingang na de Kamer den Heven över Di, an den anschreven steiht, wannehr Du eten dröffst.

Denn eten schasst Du an'n Dag, wenn dat Blau keen Enn hett.

Man 'snachts staht de Steerns, un an de hangt allens an, wat Du denken deist. Denn schasst Du nix eten.“

Mukama, wenn ik de Wasungu blangen de Wakintu stell, denn weet ik, wat dat Volk is, dat de beteren Raatslääg kregen hett.

Mang de Wasungu gifft dat en ganze Reeg, de sik böös anfodern doot, un dat gifft keen Arbeitskoppel, in de nich so'n Freetbüdels binnen sünd. Man ok wenn se allens in Gang sett, dat se, so gau as't man geiht, keen Stock un keen Lanz mehr dregen un gegen den Fiend anköönt, behoolt se doch all jemehr

Rechten as Börgers. Un wenn ik so en freetvullen Mastkrieger vertell, dat in Kitara blots de Lüüd de vullweertigen Ehrenrechten vun en Börgersmann kriegt, de bi't Wettrennen afsünnerlich goot sünd, denn sluukt he blots dröög daal.

Egalweg sünd se bang, se kriegt nich noog to Liev, wat dörmengeleert un warm maakt is. Blots üm dat wohre Eten scheert se sik rein gor nich, ja, se kiekt dat Eten scheef an, denn se sünd bang, se kunnen Knööv un Lust to'n Leven kriegen un nich fett warrn.

Se sett teemlich wat in Gang, de Saken, de se in'n Putt smiet, tweitomaken un den Smack vun de Sünn dor wedder vun wegtonehmen. Dor bruukt se afsünnerlich en däägt un lang brennen Füer för.

Achteran doot se an all dat Eten Solt an, un denn seggt se: „Dat smeckt." Solt is bi de Wasungu datsülvige as „Smack". Un wat na Solt smecken deit, dor sluukt se veel vun daal, bet dat dor keen Spier mehr rinpasst.

Wat nich smecken deit un wat keeneen eten wörr so trechtmaken, dat een dat daalsluken kann, dat is för jem en grote Kunst. Un vör allen de Froenslüüd hebbt meist den helen Dag mit düsse Kunst to doon, to de se „Kaken" oder „Braden" to seggt, dat een hitt maakt mit Water, dat anner mit Fett.

Ik heff Di in mien vörigen Breef vun de Lievstellaasch vertellt, de sik de Froenslüüd övertreckt. Un ik heff Di ok vertellt, dat sik de Mannslüüd dat utdacht hebbt, dat de Froens de Knööv utgeiht. Mi dünkt, ok dat Kaken hebbt sik de Mannslüüd utdacht, dat de Froenslüüd keen Tiet to'n Denken hebbt un se dösig blievt. Un nu meent all: Ahn Kaken kann de Minsch nich leven. Mag aver ween un en högere Kraft warrt vun de Mannslüüd för düsse Undöögt wat trüch verlangen; denn he bringt jem ja dorto, wat se kaakt hebbt, ok daaltosluken, un dat de Froenslüüd dorüm jümmers wiedermaakt mit dat Kaken. Un so warrt se bilütten ok fuul un mööd vun all dat Pramsen un Slampampen.

Du vörnehme Herr! För Dien Dener is dat hier nich licht to, op minschenwürdige Oort to eten un to drinken. Man wees nich bang: Lukanga haalt sik de Kraft för sien Liev ok mang de Hunnenfreter vun de Sünn. Un liggt he an'n Dag twüschen Steen baven op en Anbarg un sett siene Ogen in dat deepwiede Blau vun den Heven to Roh, denn wasst in em en grote Levenslust, wenn he blots en Appel oder en Beer rüken deit.

Alleen op en Barg in dat Land vun de Wasungu: Dor geiht mi dat Hart op – as de eerste swarte Mann op en Barg to stahn! Un dat as de, den Du utschickt hest

Lukanga Mukara

DE SÖSSTE BREEF: VUN DEN NARRSCHEN KRAAM, DE BI DE WASUNGU „VOLKSWIRTSCHAFT" HEET

Mukama! Fründ vun de Bullen! Twüschen de Bargen un dat platte Land in Kitara loopt smalle Stichweeg. Dor is Veehtüüch op ünnerwegens, Schaap un Minschen. Wo de Eer week is vun dat Water oder vun en Born, pedd dat Veeh in de olen Stappen vun de Deerten rin un laat Placken ut Eer twüschen jemehr Stappen as lütte Muern stahn. Över dat Papyrusmoor in't platte Land leggt Diene Wahutu Reetschoven. Un an den Fluss töövt as Fährkahn en utklöövten Boomstamm. Bi de Strohkaten ünner den Fels staht Bananen. Dat Koorn lagert in Wichelkörv, de op Pöhl staht, un in en hollen Körbs gifft en Deern den Wannersmann Honnigwater to drinken. Vun baven grööt de Vulkanbargen Karissimbi, Sabinjo un Niragongo. De Wulken, de över jem liggt, stüert jemehr Druppen na dat platte Land, un dor löppt dat Water in feine Beken na dat Plattland

vun den Kagara. Un nu schick Dien Oog vun düsse gotts-
mächtige Roh un Herrlichkeit hen na dat Land vun de Wasungu.
Dat is, as wenn Du op en Volk vun Termiten kickst, de dat
Steppenfüer en düchtigen Schreck injaagt hett. De een driggt
hierher, de anner na dor lütte Steen, Eier, Blööd. Dat sünd
kene reellen Wannerslüüd, ok kene Weeg, dat is ok nich de
Roh vun ünnen an den Beek. De Wasungu birst dör jemehr
Land hen un her. Se maakt de Weeg schier un liekut, leggt dor
glatte Balken ut Iesen op un laat dor Wagen op langsjagen, in
de se sik rinsett. Du meenst, se harrn annerwegens hööchst
wichtige Saken to regeln. Ik heff dor noch nienich wat vun
mitkregen. As wi hebbt se Öllern, Bröder un Süstern un Kinner.
De warrt krank oder starvt. Se hebbt Kummer un sünd bang.
Dorüm, seggt se, jaagt se dör dat Land. Also jümmers denn,
wenn wi in Kitara to Foot gaht oder to Huus blievt. Wat aver
noch gediegener is, wat se mit de Saken anstellt, de se överall
tohooraakt. Ok de packt se all op Wagen un laat jem ahn
Sinn un Verstand so gau dör dat Land fohren, dat dor keeneen
blangen herlopen kann. Ahn Sinn un Verstand, segg ik. Denn
faken heff ik dat sehn: Een Wagen fohrt in de een, de anner in
de anner Richt. Un beid hebbt se desülvigen Woren op. Överall
aver an düsse Iesenbalkenstraten staht Mannslüüd, un de passt
op, fleit, blaast un weiharmt, pingelt un kiekt na de Tietwiesers
hen, de opstellt sünd oder de se an en Keed an't Liev dreegt.
To düsse Mallbüdelee seggt se Verkehr to. Un se meent, düsse
Narrenkraam is so wichtig, dat se nachts nich slaapt, man dat se
Fackeln anbööt un klöörte Lampen Löcker in de Luft slaat. De
Lüüd, de in de Wagen mitfohrt, hebbt Böker, in de opschreven
steiht, wo gau de Wagen hen un her jaagt. Se kiekt egalweg in
düsse Böker un op de Tietwiesers in jümmer Kledaaschtaschen.

Sogor de öllste Mann freit sik as en Kindskopp över düsse Mallmöhlen.

Ik wull mi düsse Freid an den Blöödsinn vun dicht bekieken, un so bün ik achter een vun de Mallbüdels hergahn. He harr nix anners to beschicken as optoschrieven, wo vele Minschen, Deerten, Steen, Körbs, Bööm op den Wagen hen un her schickt warrt. He harr en Book bi sik, un in dat hett he mi wiest: Johr för Johr warrt dat mehr. Ik heff fraagt, wannehr dat denn lange dee. He wüss dat nich. Mi is, Du grote König, de Dummerhaftigkeit vun düsse Wasungu noch klorer vör Ogen kamen, un ik warr Di vun allens, wat ik utklookt heff, wat to weten geven, eendoont, wo wenig dat ok vun Belang ween mag. Dat aver segg ik Di: Seh to, dat Dien Volk nie wat mit düsse Mörders un Rövers to doon kriggt. Mi loopt de Tranen daal, wenn ik dat hier opschrieven do: Denn Du kannst nich Dien Volk, dat so stolt is, wohren vör düsse Kreaturen, de mall

sünd un nich wies warrt, dat se mit Füerbrand Segen bringen wüllt över de Reetdacken vun ole Katen. Se markt nich, dat se sik in't Runne dreiht, dat se nix anners doot, as dat se allens dör'nanner smiet, wat op oder in de Eer is, un dat se de

Eer, de so smuck un so riek is, twei maakt. Dorbi will de een jümmers mehr rieten as de anner. Nich blots de enkelten Minschen, ok Lüüd, de in de een oder anner Gegend to Huus sünd, striedt sik, wokeen mehr dumm Tüüch opstellt, mehr an Weert un Bestand twei kriggt, mehr hen un her jaagt. Dor seggt se dat Leven to. För mi is dat de Dood. Se seggt dor gesund to – ik seh, dat is süük. De Dööskopp, mit den ik ünnerwegens weer, hett Kuddl heten. He weer dor stolt op, dat he mi sien Dösigkeit wiesen kunn. So höör Di an, wat he anstellt hett: Vun sien Vadder harr he en Kist mit Papeer arvt. Wo em düt Papeer nu tohöör, kreeg he de Macht över en ganzen Landstreek, wo Buern to Huus weren. Woans he dat henkreeg? An de passliche Steed un to de rechte Tiet hett he vun ganz bestimmte Döösbathels wat opschrieven laten. Dat güng dorüm: Wokeen höört en Stück Land to, woneem Buern wahnt hebbt? Hier weer nu de Steed, na de Kuddl egalweg henfohren müss. Un wenn he nich na dor ünnerwegens weer, denn fohr he – un so stünn dat op dat Papeer op – annerwegens rüm, keek in dat Tallenbook na, wannehr de Wagen losjaagt un keek op de Tietwiesers. An de Paperen aver, de so'n gewaltige Macht harrn, weer Kuddl sien Vadder op en gediegen Oort kamen. He harr dat trechtböögt, dat he dusend Minschen dat Ackerland un so ok dat Koorn wegnehmen kunn. Nu harrn se nix in de Melk to krömen un müssen narrsche Saken för em maken, wenn se nich versmachten wullen. So weren de Paperen opkamen, in de wohrhaftig de Macht in steek, dat anner Döösbarthels glöven kunnen, Kuddl harr vun Natur ut dat Leit över den Landstreek. In den Landstreek aver harr Kuddl vele Minschen tohoopbröcht, de wat deen, wo he Arbeit to sä. Se lepen hen un her. Welk hebbt den Loop vun den Fluss ümleggt, den Gott an de verkehrte Steed sett harr. As de Nyawarongo wenn un dreih de sik dör dat Land. Nu geiht he liekut. Annern hebbt en Barg afdragen, de för nix to bruken weer, as Kuddl sä, un denn hebbt se em in en Brook smeten, in den vörher blots Reiher in wahnt hebbt. En groten Beek weer gau vun den Barg daal lopen. Kuddl hett Order geven, dat schull nich ween. He hett dor Eer vör opschütten laten un vör Freid föhr he sik op, as wenn he dördreiht weer. Denn dat Water kunn nich över de Eer röver, is tohooplopen, un wo Rööd in Gang kamen sünd, op de dat överlopen Water daalfullen is – as sik de lütten Gören al denken köönt, wenn se ünner en Waterfall baden doot. Wat dor in Gang keem, hett Kuddl dorför insett, dat se vun dat Brootkoorn, dat he vun överall her tohoop haal, wat afschüern to laten. Wat dor nableev un nix döch, kregen de Minschen. Kuddl hett dorför sorgt, dat de Minschen blots dat, wat nix döch, köpen köönt un mehr Geld dorför hergeven mööt as för dat Koorn. Dat he dat regelt kriggt, dorför fohrt he mit den Wagen hen un her. He will aver, dat de Minschen vun dat flaue Koorn krank warrt un mörr. Denn he hett Paperen, de utwiest, dat he rieker warrt, wenn de Minschen en Medizinpulver inkööpt, dat sien Broder trecht mengeleren lett. En anner Broder vun em is en Wunnermann. He kriggt vun de Armen Geld dorför, dat se em vörjammern köönt, wo maddelig se toweeg sünd. Un dat he jem op en Blatt Papeer den Naam vun dat Medizinpulver opschrifft, dat se köpen schüllt. Un denn kööpt de Minschen Dag för Dag en Papeer, in dat Kuddl rinschrieven lett, wo goot dat Medizinpulver is. Ik heff fraagt, wat denn in dat Pulver binnen is. Un Kuddl sä: Keeneen dröff dat weten. Ünner'n Streek seh ik düt: Kuddl un sien Broder fohrt mit Wagen so veel hen un her, dat se dat kloor kriegt, dat de Minschen arm un dösig blievt un ut egen Willen jemehr Sklaven warrt. Se sorgt dorför, dat de Sklaven Geld to'n Leven bruukt, dat se aver nienich to veel kriegt un nie ophöört to arbeiden. Vun dat Geld kööpt se Saken, vun de se arm un krank blievt. Em spöölt dat Geld in de Taschen. De Kinner vun düsse Sklaven lehrt lesen. Dat aver is jemehr Unglück. Denn Kuddl sorgt dorför, dat se blots dat leest, wat helpen deit, em rieker un jem armer to maken. Wenn se nich lesen kunnen, wörrn se vun den Naam vun dat Medizinpulver un vun dat, wat Kuddl dorvun schrieven lett, nix vun afweten. Dorför wörrn se mitkriegen, wat jeedeen Hutu weet: Dat de, de dat Koorn rösten deit un denn opitt, dat de gesund blifft. Man wo dat Volk nich mehr sülvst henkieken, man lesen deit un wo jem de Afstand twüschen de poor Rieken un de velen Armen as groot un herrlich vörkümmt, seggt se: Se sünd en Kulturvolk. Man wat, wullt Du weten, wenn Kuddl un siene Bröder rieker un noch rieker warrt, wat is denn mit dat Geld? Denn boot se Hüüs, de keenen bruken deit, un geevt so de Sklaven wat to doon. Oder se geevt dat Geld as Gaav, dat de Kranken, de Kröpels, de Prachers un de Halvkloken jem nich in de Mööt kaamt, man in smucke Hüüs insparrt warrt... Schullen sik aver doch mit de Tiet to vele Sklaven ruttrecken ut dat kröpelige Leven mit Smacht un keen Geld, wat jümmer mal wedder vörkümmt, denn sorgt se dorför, dat grote Tweimaakwarktüüch allens tweikloppt, wat dor opboot is, un en grote Noot över dat Land bringt. Ok dorvun kriegt de Wenigen mehr Geld in de Tasch un de Velen warrt noch armer. De gröttste Freid för de Wasungu aver is dat Tellen. Du hest dat ja al beleevt. Se glöövt wohrhaftig, dat teihn Katen teihn Katen sünd; se köönt sik nich vörstellen, dat sik dat för uns in Kitara eenfach nich hören deit, aftotellen, wo vele Katen dor staht oder wo vele Korv Matama* een ünner Dack un Fack bringt. Ik besinn mi op dat, wat Du Di mit den Sungu vertellt hest, as de Di besöken dä. De Sungu hett wat in sien Book rinschreven un sä: „Hier staht also teihn Katen." Du weerst verbaast un sääst: „Teihn? Nee, Herr, enige, mag ween vele." Dor güng de Sungu rut un wies mit sien Finger op jeedeen Kaat un sä luut. „Een , twee, dree …" As de Lüüd, de dor mit bi stünnen, dat hören deen, keem jem en Gräsen un Grusen an, se lepen weg, hebbt klaagt un hebbt in jemehr Katen de Götter mit Gaven bedacht. To'n Glück hett dat den Dööskopp dorto bröcht, dat he nich to Enn tellt hett. He harr sik verjaagt un sä to Di: „Sünd dat teihn oder sünd dat nich teihn?" Dien Gesicht weer witt as Kalk, as Du em fraagt hest, sik doch op den Hocker to setten, de ut en Stück Holt snittjert weer. Un denn hest Du em vertellt: „Herr, in en Kaat wahnt Minschen; kann een vun buten seggen, dat se leddig is? Oder wenn dor Minschen in wahnt, wat mit jem dat Glück dor wahnt? Ok is dat egentlich keen Kaat. Denn de Wahutu hebbt Pricken haalt ut dat Kabegeholt un dröögt Gras vun de Bargen, woneem keen Veehtüüch steiht. Un dor seggst Du, wenn dat dor steiht, Kaat to. Man dat kann afbrennen, un denn is dat nich mehr dor. Oder de Minsch, de dor in wahnt, deit sik op den Barg as Veehharder wat un kann nich na Huus kamen, denn is dat för em keen Kaat. Dorüm verbiesterst Du Di, wenn Du de Katen tellst. Un Riangombe warrt Di strafen, wenn Du dat deist." Dor sä de Sungu, un dor grien he bi, as wenn he wat Beters weer: „Ji hebbt eben keen Bildung un glöövt an Höhnergloven;

---

* Matama – Oort Herskoorn

ik warr mal Missionslüüd na Jo henschicken. De böögt Jo den recht Gloven un dat Tellen bi. Denn köönt Ji en Steed mang de Kulturvölker innehmen un op den Weltmarkt mitspelen. Pass man mal op, hier süht dat bald anners ut. De naakten Minschen warrt sik wat to'n Antrecken köpen, jeedeen kriggt sien Huus ut Zement un dor en Huusnummer an, un för allens en Kark un en Kaschott. Wat dat köst, dat warrt Ji opbringen – wenn nich, kaamt Ji achter Trallen. Denn kümmt Ordnung un Kultur in düsse Gegend, un de Spijökenkraam warrt Jo utdreven, wenn't nich anners geiht, mit Gewalt." Dat sä he. Man nich all hebbt em verstahn.

Wat dor besnackt worrn is, dor mütt ik an denken, wenn ik nu seh, wat de Wasungu malöört is. Dat weer för Kitara en Glück, dat eerst mal de Elefant een Sungu an den Russissi dootpedd hett. So keem he mit in de Tall rin, de tellt:

Op Jagd to Dode kamen 1910

A. Europäers			B. Hiesige		
			a		b
			Christen		Heiden
a	b	c			
ev.	kath.	Diss.	ev.	kath.	
3	1	–	8	10	13

Wo mall aver dat Tellen is, un dat de Gott foorts de Straaf achterna schickt, dat hebbt de Wasungu nu beleevt. Tellt hebbt se de Scheep, de op de See fohrt sünd, de Minschen, de op de Welt kamen sünd, dat, wat an Kledaasch weevt worrn is, dat Koorn, dat se ünner Fack bröcht hebbt, un woveel se mit Scheep un Wagen hen un her fohrt sünd. Dorüm is en Krieg kamen un hett jem all de Scheep wegnahmen, hett de Minschen doot maakt, hett dorför sorgt, dat keen Kledaasch maakt worrn is un dat se weniger Koorn in jemehr Schüün hebbt. Du meenst nu, dat bringt jem to Verstand? Nix dor! Wat maakt se? Se tellt un schrievt op, wo veel Scheep afsuupt, wo lang de Krieg anduert, wo vele Minschen dootgahn, wo vele vör Bangigkeit dördreiht sünd, wo vele to Schaden kamen sünd, un wo vele hiervun nu wedder an den een un wo veel an den annern Gott glöövt hebbt. Se schrievt dat in smucke Böker rin, un de, de dor Order to geevt, nöömt se, wenn dat trecht is, „Herr Geheem Ober". Se maakt Biller vun jem un seggt, se hebbt en groten Naam. Dat gifft also för de Wasungu nich so wat as dat Unglück an sik. Denn se kriegt en Dreih, dat Unglück un ok den Dood to tellen. Un wenn se dat maakt, sünd se kregel.

Dat Vergnögen an't Tellen sorgt ok dorför, dat se dat nich henkriegt, dat dat Elend bi de armen Lüüd weniger warrt. Se weet, dat Duselsluck den Minsch opfritt. Man dat is en Spaaß för jem, wenn se Johr för Johr natellen köönt, wo vele dune Minschen dootslaan worrn sünd, wo vele Kinner vun dune Öllern ahn Verstand op de Welt kamen sünd, wo vele Verbreker de Kööm maakt hett, wo vele Oorten Sluck nödig weren, dat sounso veel an Doodslag, an Elend un an Groffhartigkeit vör Dag kümmt, un wo vele Minschen se dorüm achter Trallen bröcht hebbt. Se kaamt wohrhaftig in grote Hüüs tohoop un parleert doröver, as weer dat en Fest, un all freit sik to de schönen Böker mit de Tallen vun Moord, Dootslag, Rümhoreree un Krankheit. An't Enn laat se den „Geheem Ober" hoochleven un een kloppt den annern op de Schuller. Denn gaht se hen un geet sik sülvst Duunsluck in den Hals rin un snackt vun dat Maat, de Klöör un de Warms vun den Sluck un woveel een sik to Liev slaan kann.

De Wasungu meent, se sünd bannig plietsch, wenn se tellen köönt, wo gau de Minschen doot blievt, wenn dat Eten leger oder vele in en Hütt insparrt warrt; oder wenn se jem mit Gewalt dorto bringt, dat se egalweg datsülvige maakt. So hett mi Kuddl in en smuck Book an Tallen wiest, dat de kloken Wasungu en groten Spaaß henkregen harrn. Dat is föftig Johr her, dor harrn all Wasungu, wenn se oolt weren, noch bannig smucke Tähn. Dat heff ik sülvst sehn, as de Dodenkopp vun en olen Mann ut sien Graff rutnahmen worrn is – dat müss weg, een Weg leep nämlich nich so liekut, as he bi de Wasungu ween mütt. Fröher also stünnen, jüst so as vundaag noch, Röven mit söten Saft op de Feller, un de Minschen hebbt düssen Saft inkaakt. Denn seeg he bruun ut un leep langsam as Honnig.

Dor hebbt denn Lüüd vun Kuddl sien Slag versöcht, düssen Saft mit Maschinen, de blots jem tohören dössen, anners to maken. Se hebbt dor witte, faste Köörn vun maakt, de as Quarzsand utseht. Nu hebbt se dor en groot Puhei vun maakt, dat se dat henkregen harrn. En Handvull Kuddls dröffen sik „Herr Ober" nömen un sik en blänkern Stück Messing an de Bost backen. So müssen de Minschen glöven: Dat, wat se sik utklookt harrn, weer en Barg beter, un dat maak jem glücklicher, wenn se dat köpen wörrn. So hebbt de Kuddls dat henkregen, dat Volk dorvun aftobringen, dat se dat eet, wat för keen Geld op de Feller wasst. Se hebbt jem dorto kregen, dat se de Röven bi en groot Huus aflevert, wo se Füer, Damp, Rook, allerhand Larm un Stinkeree maakt hebbt, wo sik Rööd dreihen un wo in grote Bookstaven anstünn: „Buten blieven!". De ganze Saak hebbt se avends smuck mit Licht anstrahlt, un in en lüttere Stuuv hebbt se veel Papeer vullschreven. Enige Kuddls sünd bannig dick worrn, hebbt smucke Jacken un Büxen dragen un harrn jümmers grote Rookrullen in den Mund. Vele anner Lüüd segen bleek ut un weren schedderig antosehn. De witten Köörn aver hebbt se bannig düer verköfft. Nu hebbt se ne'e Tellkuddls anstellt. De müssen opschreven, wo de dösigen Lüüd Johr för Johr mehr vun dat witte Koorn eten hebbt, wo vele Tähn dorvun vergammelt sünd, wo vele Kusentreckers Arbeit kregen hebbt un üm wat för en Tiet de Minschen nu ehrer dootbleven sünd. Wenn nu en poor Minschen sään: Wi wüllt dat witte Koorn nich mehr maken, de Lüüd schüllt lever wedder Rövensaft eten, denn weer vun de Tähnklempners to hören: „För wat sünd wi denn dor? Wi mööt doch wat to doon hebben." Un se wiesen, wo düchtig se weren, wenn se Tähn mit Gold füllen oder dat ganze Kauwark ut Gold un Steen maken schullen. Un de Kuddls, de dat witte Koorn maken laat un dorvun rieker warrt, hebbt schrieven laten, de witte Kraam weer gesund. Denn en Geheem Grootkloken mit mehrere Iesenstücken över de Bostnippels harr in Versöken nawiest:

Dat Koorn güng in den Buuk vun den Minsch direktemang in dat Bloot rin. So wat glöövt denn all de Wasungu, de keen Hooch in jemehren Naam hebbt, nix Geheem hebbt un kene Metallstücken op de Bost dreegt. As mit de söten Röven maakt se dat nu ok mit dat Koorn. Dor maakt se en week Mehl ut, fien as Stoff. Un dat, wo de Knööv un Naturkraft in sitt, kratzt se af, un dat kriegt denn de Deerten. So kriegt se dat trecht, dat de Minschen flau warrt un süük un na den Wunnermann hengaht. De schrifft op, wo vele kaamt, wo vele ünner dat een un wo vele ünner dat anner Gebreek lieden doot. Denn schickt se de Tallen hen na en Tellkuddl, de sik dorto freit un allens tohooptellt. Dat se mehr to tellen hebbt, dorför hebbt se ok noch düssen Höhnergloven: De Wunnerpreesters nehmt Materie mit Bloot an vun den Buuk vun kranke Kalver af, de dootmaakt warrt, sniedt de lütten Kinner mit en hillig Metz in dat Fleesch rin un smeert dor wat vun de Materie rin. Dat is en Gottsordeel. Se tellt denn, wo vele Kinner dor krank vun warrt un wo vele starvt. Düt Gottsordeel maakt de Preesters as jemehr hillig Recht ok bi jeedeen Butenlanner, de na dat Sunguland rin-wannert. Ok mi harrn se üm en hangen Hoor op düsse Wies maltreteert.

De Wasungu hebbt dorför, dat se so mall achter Tallen her sünd, böös lieden müsst. En afasige Noot is kamen un hett allens op den Kopp stellt. Se seggt, Koorn köst sounso vele Geldstücken. In jemehr Sünn un Schann sünd se so wiet gahn, dat se fastleggt hebbt, sounso veel Koorn schull för dat Geld hannelt warrn. Dor is vull Grull en Macht dortwüschen gahn un hett dorför sorgt, dat vun dat Koorn nix nableev un dat Geld ünnerscheedlich veel weert weer. Dor is sogor de Buuk vun de Tellkuddls vör Smacht lütter worrn – man denk blots nich, se harrn ophöört to tellen. Dat allens heet bi jem Wetenschap. Dat is also en Wetenschap vun dat Hen un Her vun Saken, de nix döögt, mit de Döösbarthels dat Volk för en Buern hebbt un in Elend hoolt.

In Truer un Leed un Mitföhlen,

Lopen Nr.	Naam, Vörnaam	Anmell-Dag	Religion	Geb.dag, -oort	Staat	Impfen	Vörstrafen
	Mukara	4. 4. 12.	Heid	Ukara nich bek.	Kitara	Ja	—

Dien Lukanga

DE SÖÖVTE BREEF:
WOANS DE DÜÜTSCHEN
JEMEHREN KÖNIG FIERT*

Mukama, risch an't Liev, wat lücht Dien Warms! Du büst de gröttste vun all de Könige. Man ok de König vun de Wasungu is stolt un hett en Bült to seggen. Siene Kriegslüüd kannst gor nich tellen, jemehr Wapen blenkert, groot is jemehr Kraasch. Se möögt jemehren König un ehrt em. Denn he deit veel för sien Volk. Dien Knecht Lukanga kann Di vun grote un wunnerbore Saken vertellen, dat dusende junge Mannslüüd stevig

---

* De Forscher Lukanga is, dat wiest düsse Breef, in jichtenseen düütsche Lüttstadt bi en Fier mit Singen un Drinken to den Kaiser sien Geboortsdag mit bi ween. Jeedeen Leser mag för sik sülvst seggen, wat Lukanga en Recht hett, dat, wat he sehn hett, so to beschrieven, as weer dat jüst so heel un deel begäng. Un dat an sien König to schicken, de vun uns Düütsche ja dat allerleegste Bild kriegen mütt! Düt aver schullen wi bedenken: Lukanga, düsse kloke Mann vun wiet her, de sik allens nipp un nau ankieken deit, meent: Dat Drinken un allens dat, wat to dat Fiern tohöört, löppt as en Programm af. Schullen wi sülvst dor nix mehr vun afweten, wo veel Spektakel wi dorvun maakt un dor gor nich över nadenkt?

Jedenfalls warrt Lukanga sien Bericht vun uns Denken un Doon mithelpen, dat wi uns Fiern op en anner Grundlaag sett as op dat „Daalschütten“, as Lukanga dorto seggt. Hans Paasche.

64

un smuck dorher kaamt. Se weet, wat dat heet: ünner Wapen to stahn. Man dor is een Saak, de wörr Dien Oog wieswarrn, ok wenn Dien Oog nich mehr kloor weer. Un Du wörrst dat binnen in Di föhlen, ok wenn Du oolt un gries weerst: De Wasungu ehrt jemehren König op jemehr egen Oort, de Wakintu Di op en anner Wies.

Eendoont, wo veel de König vun de Wasungu to seggen hett – he kriggt dat nich op de Reeg, dat, wat sien gemeen Volk so opstellt, en P vörtosetten. Weten schasst Du: De Wakintu fiert den Dag, an den Du op de Welt kamen büst, dormit, dat se nix eet un nix drinkt. De Wasungu fiert den Geboortsdag vun jemehren König dormit, dat se sik dat Liev vullslaat.

Dien Volk maakt sik reiner un starker, denn se freit sik, dat Du an't Leven büst. Man de Wasungu versöökt, dat Ruge in jemehr Denken un Doon jümmers noch een optosetten un so jemehren König to ehren. Se begriept dat nich, wenn he seggt: „Laat dat Daalschütten blieven. Denn so köönt ji keen Deenst an dat Vadderland leisten."

Bi de Wakintu is dat op ewig al so begäng, dat in de Daag, de Di tohöört, jeedeen op sien Barg blieven mütt, solang as de Sünn op ehr Himmelsbahn ünnerwegens is. Un blots in de Nacht dröfft he in sien egen Kaat ringahn un nix dorbi seggen. De Wasungu versammelt sik to dat Ehrenfest för jemehren König in afslaten Kamern, un wat se dor maakt, dat will ik Di opschrieven. Denn ik heff dat sehn.

Dat is een eenzigen Dag, den se för den König hergeevt. Dor gaht se denn hen un kaamt mit vele anner Lüüd tosamen, dat se Eten un Drinken in jemehren Liev rinpramst.

Se sitt an düssen Dag an lange Dischen un sluukt so, as ik Di dat in mien ehrletzten Breef opschreven heff. Ok geet se en

Barg Sluukwater in jemehren Maag rin un drinkt as Minschen, de en wieden Weg in de grelle Sünn lopen sünd un nu Döst hebbt. Een tellt nich as Mann, wenn een sien Drinken in lütte Happen to sik nimmt un ok noch Speewater dorto gifft. Un je mehr een stüttig un ahn aftosetten daalsluukt, je mehr gellt he bi de annern.

Wat se drinkt, is Pombe, en Duselwater, mal vun de een, mal vun de anner Klöör. Wat se nich dröfft, is Saft drinken, wo keen Duselgeist binnen is. Ja, dat is de Plicht för jeedeen, so veel Duselgift to drinken as't man geiht. Un wenn een an düssen Dag noch kloor denken kann, denn seggt se vun em: Dat is een, de nich to sien König steiht un em nich de Ehr gifft, de em tosteiht. Op düsse Oort verstaht se jemehren König so gewaltig verkehrt, dat se em, de vun jem verlangt, se schullen keen Duselgift to sik nehmen, mit dat Daalschütten en Ehr andoon wüllt.

Dat Sluukwater steiht so bavenan, dat an düssen Dag keeneen vun anners wat snacken dröfft as vun de Oort, Klöör, Warms un dat Woveel vun dat Sluukwater, vun de Oort un Wies, dat in sik rintogeten un vun de Oort, woans een dat wedder vun sik geven deit. Blots eenmal dröfft se vun den König snacken. Denn steiht de dickste Mann vun sien Stohl op, seggt den König sien Naam, un all roopt: „Ra! Ra! Ra!" Se staht dorbi un hoolt en Beker mit Pombe op de Hööchde vun jemehr Bost. Un wenn dat letzte „Ra!" rut is, geet se allens, wat in den Beker binnen is, in jemehr Halslock rin, puust de Luft deep ut un sett sik wedder daal.

Achteran seggt keeneen en Woort. Eerst wenn de Bekers wedder vull sünd, snackt se wedder vun de Oort, Klöör, Warms un dat Woveel vun dat Sluukwater un vun de Oort un Wies, dat in sik rintogeten.

As Baaslüüd wiest sik dorbi Mannslüüd, de mal an dat Water to Huus weren, dat Mosel heet. Düsse Lüüd dröfft blots ut Glöös drinken, de en anner Form hebbt,* un mööt, ehrdat se daalgeet, dat Glas eerst dreemal vör den Mund in'n Kring hen un her dreihen. Se dröfft dor nich bi lachen – nee, se mööt bannig eernsthaftig utsehn. Bi de Drinkers staht se hooch in't Ansehn, un se leggt dat dor op an, dat jeedeen jem rutkennen kann – vunwegen blaue Adern op de Nees un vun knökerige Adern, de sik as Wörms an jemehr Dünnen wiest.

De Baas vun dat Fest kennt een an sien mastige Form un de velen Smucknarven in sien Gesicht. Op sien Nees sitt en gollen Draht mit twee Stücken Glas, dör de he dörkieken mütt. De Smucknarven dröfft nich jeedeen dregen. Dat dröfft blots so'n Mannslüüd, de nich arbeiden doot, man veel drinkt un, wenn se groff un ruug gegen anner Lüüd sünd, keen Straaf kriegt.

De Wasungu hebbt twee linke Hannen, wenn se Narven sniedt. Oder se hebbt keen Sinn för dat, wat ansehnlich is un wat nich. Denn de Narven loopt dwars dör dat Gesicht, un faken warrt ok en Ohr oder en Nees mit dörsneden. Se aver finnt de Smucknarven schöön. Denn se dreegt jem blots dor,

---

* Wat Lukanga hier meent, dat sünd „Römer", runne Glöös, ut de Fachlüüd den Saft vun de söten Wiendruven drinkt, man eerst wenn he bruust un to Schannen is. Hans Paasche.

woneem de naakte Huut to sehn is; anner Steden mit mehr Fleesch oder mehr Huut laat se aver free. De Kunst, in de Lippen, an de Nees un de Ohren rintosnieden un dat apen to holen, kennt se nich. Blots Froenslüüd dreiht sik Löcker in jemehr Ohren un hangt dor Metall un Steen an.

Wenn se sitten doot un warm un dörmengeleert Eten daalsluukt, is düt bi jem begäng: Een röppt den annern an, höllt em en vullen Beker in den sien Richt un seggt: „To'n Buuk"* oder „Prost". Denn schütt he daal. De, de ansnackt worrn weer, nimmt nu ok en vullen Beker in de Hand, steiht op un gitt dat in sien Hals rin. Denn höllt he dat leddige Glas vör sien Bost, kickt den, de em anropen hett, stief in de Ogen, sett sik wedder daal un puust all de Luft ut siene Lungen rut. Denn süht he to, dat sien Drinkbeker wedder opfüllt warrt. Dorbi snackt he mit de, de bi em sitt, vun de Oort, Klöör, Warms un dat Woveel vun dat Sluukwater un vun de Oort un Wies, dat in sik rintogeten.

Wenn se Fett vun dat Ünnerliev vun en doot maakt Swien daalsluukt, kriegt de Slukers vun de Deners en lierlütt Glas

---

* Wat Lukanga mit den Snack „to'n Buuk" meent, is nich eenfach to verstahn. He hett woll en Fehler maakt, de jümmers mal wedder bi Forschers vörkümmt, de blots en korte Tiet lang in en frömd Land sünd: Wat he eenmal sehn hett, dat – meent he – gellt för all Lüüd. Mit „to'n Buuk" meent he wull den Utdruck: „Dat schall Se Ehren Dickbuuk goot gahn". Jeedeen weet, düssen Utdruck seggt de, de dor op achten doot, dat de Spraak schier blifft. Un se seggt dat för dat latiensche Woort „Prosit". Soveel as ik weet, kann een düssen Utdruck aver leider nich so faken hören. He kann also nich as Regel gellen. Hans Paasche.

mit scharp Pombe. Denn swiegt all still un bóórt dat Glas to Hóóchd.* De Dickste piept, all piept se un geet dat scharpe Water gau in jemehren Hals rin.

Denn snackt se wedder vun de Oort, Klóór, Warms un dat Woveel vun dat Sluukwater un vun de Oort un Wies, dat in sik rintogeten. Wenn se en Barg Eten, wat se dör'nanner mengeleert un op't Füer warm maakt hebbt, daalsluukt un veel Duselwater in sik ringaten hebbt, denn laat se sik richtige Spiesen bringen: Deners bringt Schötteln mit Appeln, Beren un anner Oorten Aavt. Man dor nimmt keeneen wat vun. Achteran bringt se lütte Waschkummen, de Finger to waschen.

Nu maakt se düt: Een nimmt sien Drinkbeker, geiht na en annern hen, bringt em dorto, dat he opsteiht un sien Beker vör sien Liev höllt un seggt een vun düsse dree Sätz:

„Ik kenn dien Broder" oder

„Wo geiht't Dien Vadder?" oder

„Ik heff Dien Süster sehn."

Un denn seggt he „Prost", beid stóót mit de Drinkbekers een gegen den annern. Bi den Rand slaat de tosamen, dor, woneem de Spee an backen deit. Nu drinkt jeedeen sien Beker ut, höllt em sik vör de Nees un kickt den annern scharp in de Ogen.

Denn gaht se trüch na jemehren Stohl un snackt wedder mit de, de bi jem sitten doot, vun de Oort, Klóór, Warms un dat Woveel vun dat Sluukwater un vun de Oort un Wies, dat in sik rintogeten.

---

* Ok düt is, as ik faststellt heff, lang nich överall begäng, man blots in enige Gegenden: Na en fette Mahltiet gifft dat en „Runn" Kööm. Hans Paasche.

69

Denn geiht dat los mit dat Rookmaken.

Se laat sik oprullte dröge Blööd vun en Plant, de hier nich faken wassen deit, bringen, rievt Füer un bööt de Rullen an dat een Enn an. Dat anner Enn hoolt se mit de Tähn fast, maakt jemehr Lippen dicht un suugt, dat Rook in den Mund ringeiht. Ut den Mund blaast se den Rook in de Luft. Un dat duert nich lang, denn is de hele Saal vull vun Rook, den se ut sik rutblaast hebbt.

Vun düsse Tiet op an snackt all vun de Oort vun de Rook-rullen, wo vele Rookrullen jeedeen Dag för Dag verbrennen deit, wat he an lütte oder an grote Rullen suugt un wat een vun de Rookrullen kösten deit. All kiekt se dor bannig eernst-haftig bi. Nu laat se Bekers henstellen mit en bruun, stinkig Water* dor binnen. Un se snackt asig luut vun den witten Schuum, de op dat Natt swömmt un wo se „de Bloom" to seggt. „De Bloom kümmt na di" oder „Prost Bloom".

Wenn dat Rookmaken anfungen hett, gaht se een na den annern rut. Un na en korte Tiet kaamt se wedder rin. Nu sünd se för dull an't Bölken – wat den Dank utdrücken deit för dat wunnerbore Fest.

Afsünnerlich geern maakt se düt: Twee Mannslüüd bölkt sik gegensiedig an un seggt: „Kumm mit mi na buten." Se staht denn op, nehmt jemehr Rookrullen mit un kaamt na en Tiet mit en roden Kopp wedder rin.

---

* Dat Mukara sien Nees, de nix as de reine Natur kennt, Beer gräsig finnt, dat is en Ding! Hans Paasche.

Solang as se rutgaht un wedder rinkaamt, geevt de annern keen Mucks vun sik. Dor seggt se Aftrittspeel to, un de Saal, in den se dat speelt, heet Ehrensaal.*

Dat Speel sülvst geiht so:

De een seggt to den annern:

„Du hest mi ankeken."

Un de anner seggt denn:

„Du Swien."

Denn nehmt se de Rookrullen in de linke Hand un haut sik mit de rechte Hand in't Gesicht.

Achteran steekt se de Rookrullen wedder in den Mund, griept in de Jackentasch un geevt sik en lütt Stück witte Papp. Nu is dat Speel to Enn, un se kaamt wedder na binnen un geet Drinkwater in sik rin.

Düt Speel speelt bi de Wasungu en grote Rull. Se weet: De ruge Oort maakt dat Gode, wat se in sik hebbt, doot. Se wüllt aver mit dat, wat bi jem begäng is, nich ophören, dat is jem eenfach so mit. Dorüm söökt se sik en Höhnergloven her, un se maakt wat, wat jeedeen sehn kann. Dat is ruug, man se nehmt dat all an, denn se weet dat nich beter.

De Höhnergloven is düsse: Se meent, se weren behext, un so weer dat Gode in jem in Schimp un Schannen bröcht worrn. Wo se aver nich den Gedanken annehmen wüllt, dat dat Gode in jem wohrhaftig to Schannen kamen is, meent se, dor is noch

---

* En fröheren Korpsstudent (also en Fachmann in so'n Angelegenheiten) hett mit to weten geven: Dat is wohrhaftig begäng, dat sik so'n Striet un Haueree an jüst düsse Steed afspeelt, de ik andüüdt heff. Denn dat is de geheemste Kamer vun all. Hans Paasche.

wat anners twüschen dat Gode un de Hexenmacht. Un dat heet bi jem mit een Woort „Ehr". Nu seggt se nie, dat se leeg sünd. Dorför seggt se: De „Ehr" is to Schaden kamen. Un as all Volkschaften mit wenig Kultur un Bildung söökt se sik en Wedderpart her, slaat em oder haut em doot, un glöövt, dat se dorvun sülvst wedder betere Minschen warrt.

Ja, Mukama, Du kannst Di dat wiss nich vörstellen. Denn üm Di rüm sünd nix as kloke Mannslüüd, de weet, woneem se staht in de Welt. Man bi de Wasungu gifft dat vele, de sik egalweg dorför schaamt, dat se lege Saken maakt hebbt un dorüm nu anner Minschen slaan wüllt. Se glöövt, dat en Minsch, wenn he groff is gegen anner Lüüd, siene egen Fehler wedder ut de Welt bringen kann. Dor is nu en Oort Vörrecht vun kamen, dat de för sik as Anrecht nehmt, de riek sünd un veel to Seggen hebbt. De seggt, blots jem steiht „Ehr" to, un dorüm dröffen se anner Lüüd slaan un dootmaken. De aver mit de Knööv in siene Mauen arbeiten deit, as de Natur dat vörgifft, hett keen „Ehr" nödig, wo he doch sounso stolt ween kann un tofreden.

Dat gifft vele Wasungu, de nich mit jemehr Hannen arbeidt un nie wat eet, wat in de Eer wussen is un üm dat se de gode Eer sülvst fraagt hebbt. Un so gifft dat in jeedeen Huus, in dat vele Wasungu tohoopkaamt, en Kamer, de blots för de Ehr dor is. Düsse Kamer is för all de Unglücklichen, de nich mit sik tofreden ween dröfft. Hier köönt se wat för jemehr „Ehr" doon. In düsse Kamer sünd Steenplatten an de Wand, spegeln Glasschieven hangt dor an, dor ünner löppt Water dör smucke Rönnsteen. Dat dor aver jümmers Tügen dor sünd, de bi dat Slaan vun de Ehr nich mitmaakt, is düsse Kamer ok noch för anner Saken dor, vun de ik Di nix opschrieven kann. Dat is also de Kamer, woneem se dat Speel speelt, dat se Aftrittspeel nöömt.

Man dor is noch en anner Speel, dat se all geern speelt: De dicke Häuptling vun dat Fest gifft an all Mann Order, dat se mit de Drinkbekers op den Disch haut. Denn mööt se all dat, wat in de Drinkbekers binnen is, to desülvige Tiet un mit een Slag in jemehren Hals rinschütten. Dat Speel heet „Eerslieker"*. Nienich hett Dien Knecht Lukanga wat to sehn kregen, wat minner weer as düt Speel.

Achteran fangt se dormit an, dat se dat, wat se an Water in sik ringaten hebbt, wedder utspeet. Dorför gifft dat in de Ehrenkamer en extra Opfersteen, grootoordig utstaffeert un holl in de Mitt. De dor speen wüllt, gaht dor een na den annern ran. Se hoolt sik, so lang as se utspeet, an twee Handgriffen fast, de över den Steen fastmaakt sünd.

Dat is de wichtigste Deel vun de Fier. Nu seggt jeedeen vun en annern, de harr to veel in sik ringaten. Un dat harr sien Verstand düchtig angrepen. He sülvst harr dat aver jüst richtig maakt, denn he wüss, wenn sien Pegel vull weer. So snackt se wedder bannig luut een mit den annern, un enige snackt ok vun Froenslüüd un Peer, un woans de ehr Liev boot is.

De Baas aver hett jümmers noch dat Leit bi dat Fest. Sien Stimm dringt dör, denn he kloppt mit dat afbraken Been vun en Stohl op den Disch. Dör den Rook kann keeneen dörkieken.

---

* För „Salamander" seggt Lukanga „Eerslieker". Wi hebbt nich rutkriegen kunnt, woso. Mag ween un beide Deerten hebbt in Kitara densülvigen Naam, mag ok ween un in Kitara gifft dat gor kene Salamander. Hans Paasche

Nu seggt de Baas an: All Drinkbekers, de leddig sünd, warrt opstellt. Un mit de, de noch nich utdrunken sünd, smiet se dor na.

Denn bringt se em en hillig Book. He sett sik ünner den Disch un fangt luut an to blarren*. Düt is dat Teken, dat se all blarrt. Dorbi ümfaat se sik mit de Arms un een drückt siene Lippen op de vun sien Naver. Mit de glöhnigen Rookrullen aver brennt se sik Löcker in jemehr Kledaasch.

Man nu is dat Fest ut. Nu kaamt Deners un dreegt de, de vör Freid as doot op de Eer liggt, in Wagen rin. Un so warrt se na jemehr Kaat bröcht.

So fiert de Wasungu den Dag vun jemehren König. Se wüllt nix afweten dorvun, dat he seggt hett: Blievt bi kloren Verstand. Se köönt kene Waffen mehr dregen, un dat gifft keen Dag, an den dat för jemehr Fienden eenfacher weer, över jem hertofallen. An keen Dag köönt se sik so wenig wehren. In de Stadt süht dat nich anners ut. An düssen Dag dröfft keeneen sien Sinn un Verstand bi sik beholen. Wenn dor noch een mit kloren Kopp mang weer, wören de Mitbörgers sik vun em afwennen un em jagen.

Du gode Herr, kiek, dat allens mit antosehn is schenkt worrn Dien Dener

Lukanga Mukara

---

* Dor hett also een dat „hulen Elend" kregen un mit de Bibel in de Hand ünner den Disch seten. Wiss röhrt dat an, man schöön is dat wohrhaftig nich. Man to'n Glück köönt wi seggen: Dat is ok wedder een Fall vun vele. Hans Paasche.

DE ACHTE BREEF:
VUN DE ROOKSTINKEREE BI DE WASUNGU

Mukama! In dat Book Hiob steiht in dat 41. Kapitel vun den Leviathan to lesen: Ut sien Mund fohrt Fackeln, un Füerfunken scheet dor rut. Ut sien Nees kümmt Rook, as vun hitte·Pütt un Ketels. Sien Hart is as vun Kalksteen.

Mukama! In Ibrahim sien Breef lees ik, Du wullt weten, wat dat mit dat Rookstinken op sik hett. He schrifft: „De König hett de drögen Stinkblööd, de Du schickt hest, in en leddige Kaat bringen un anböten laten. De hele Hoff weer versammelt. All hebbt se den Rook raken un müssen hoosten. Dat is nich to faten, woans Minschen düssen Rook utholen köönt. Man dor weer en Mann vun Karagwe mit bi, de hett de Blööd kennt. He sä, een müss de in de Hand kortribbeln, de Luft in de Nees rinlaten un de Neeslöcker mit en Klammer dichtmaken. Dat harr he bi en anner Volk kennen lehrt." Dat schrifft Ibrahim. Anners aver is dat, wat de Wasungu maakt.

Se rullt de drögen Stinkblööd tohoop, un se hebbt jümmers en beten Proviant an düsse Rullen in jemehr Kledaasch. Se hebbt aver ok lütte Holtstücken to'n Füerrieven in en Tasch vun jemehr Kledaschentüüch. De Sungu, de rookstinken will, nimmt sik en Rookrull ut sien Tasch, bitt mit de Vörtähn dat böverste Stück vun de Rull af un speet dat ut. De een oder anner haut sik bi dat Afbieten vun dat böverste Enn mit de

Hand op sien Kopp un kriggt so mehr Druck op siene Tähn. Denn blaast he Luft dör de Rookrull un stickt ehr mit een Siet in sien Mund rin. He höllt ehr mit siene Lippen fast. Denn rifft he Füer un bött de Rull an dat Enn an, dat ut den Mund rutlangt, un dorbi suugt he Luft dör de Rull dör. Düsse Luft vermengeleert sik nu mit den Rook, un de Rook kümmt in dat Halslock vun den Sungu rin. Denn blaast he em wedder ut. Dorför maakt he de Lippen blangen de Rull en beten wat op. Oder he nimmt de Rookrull in de Hand, so lang as de Rook ut em rutkümmt. Gifft aver ok welk, de suugt den Rook in de Lungen rin un blaast em dör de Neeslöcker wedder na buten. Nu lacht ji woll un hoolt dat för Tüünkraam, wat ik hier schriev. Denn dat is reinweg nich to glöven, dat en Minsch ut sien Mund Rook rutblaast. Ik heff mi aver al so an düt Bild wennt, dat ik dor gor nich mehr över lachen do.

De Rookrullen glimmt blots, se brennt nich. De Asch aver kümmt in lütte Kummen rin. De sünd överall in de Hüüs opstellt, woneem Rookstinkers in wahnt.

Nich all Wasungu stinkt Rook. Se maakt en Ünnerscheed twüschen Stinkers un Nichstinkers. Mang de Stinkers gifft dat Veel-Stinkers un so'n, de blots af un an mal Rook maakt. Dat mit dat Mehr-oder-nich-so-veel-Rook-Maken hett en Barg to bedüden. So köönt de Wasungu nämlich dorvun snacken –

ok mit een, den se gor nich keent, kaamt se so in't Snacken. Un denn vertellt se, wo vele Rookrullen jede enkelte vun jem Dag för Dag afbrennt. Se snackt denn ok dorvun, wo groot so'n Rull is un wat för en Klöör se hett, woneem de Blööd wussen sünd un wat de Rullen an Geld kösten doot. Faken höört sik dat denn so an: De een fraagt: „Wullt Du en Rookrull?" De anner seggt: „Nee, ik maak keen Rook." Denn seggt de eerst sien Naam, un dorbi wippt he mit sien Rump na vörn. Denn verkloort de Rookstinker, he harr sik dat so annahmen, un he kunn dor nich vun aflaten. Vun all anner Saken kunn he de Finger laten, blots Rook müss he stinken. He weer al sounso vele Johr an't Stinken, man nu harr de Medizinmann em vertellt, he dröff dat nich mehr. Dorüm schall keeneen wat vun sien Rookstinkeree mitkriegen. Sien Hart weer krank un siene Blootadern weren hart as Steen. Un faken weer em swiemelig in'n Kopp. Dat geev aver Rookrullen, dor weer nich so veel Gift in, man smecken deen se nich so goot. Un sien Vadder un den siene Bröder harrn jümmers Rook stunken. En Süstersöhn vun em weer aver Nichstinker. Un verleden Week weren de Rookrullen wedder dürer worrn.

Is de anner nu ok en Stinker, denn treckt se beid jemehr Rookrullen rut un tuuscht mit'nanner een gegen de anner ut. Denn schrievt se op, woneem de anner siene Rookrullen köfft hett. Meist snackt se so mit'nanner, wenn se tohoop in en Wagen sitt un dorhen fohrt, woneem de Wasungu tohoop mit anner Halvkloke jemehr Spijöök drievt. Dat Du dat ok weten deist: Düsse Wagen gifft dat för Rookstinkers un för Nichstinkers. Dat steiht dor in grote Bookstaven an.

Blots wenig Froenslüüd stinkt Rook. Dat is begäng, wenn en Fro dorbi is, ehr to fragen, wat se dor mit inverstahn is, dat stunken warrt. Eerst achteran blaast man ehr Rook in't Gesicht. Is de Luft denn düchtig dick, snackt se dorvun, dat se de Döör apen maken wüllt. De een seggt ja, de anner seggt nee. So kaamt se all mit'nanner in't Snacken.

77

Ok mit düsse Fragen befaat sik de Sungu veel: Wo oolt Kinner ween schüllt, wenn se dormit anfangt, an Rookrullen to lutschen, wat Froenslüüd dor en Recht an hebbt, an Rookrullen to trecken, un in wat för en Öller de utwussen Mannslüüd ophören mööt, Rook to stinken, wo bi jem nu de Levenskraft na ünnen sackt. De Wasungu seggt: De jungen Lüüd vun hüüt fangt fröher an Rook to stinken as se fröher sülvst mal anfungen hebbt. Un dorüm weer dat nödig, de Kinner mehr to slaan. Froenslüüd hebbt fröher keen Rook blaast, nu aver hoolt se dat so, dat se in lütte Stücken hackte Stinkblööd, de in Breefpapeer inslaan sünd, rookstinken doot.

Seggt warrt: Na dat Rookstinken kümmt allerhand na. De Stinkers blievt ehrer doot as de Nichstinkers, wat denn aver en Pläseer is för de, de vun dat Op un Daal vun de Tallen leevt, de Tellkuddls. Vele dunst dor de Maag vun op, de Lungen fuult fröh al af, de Blootadern warrt hart as Steen, de Kopp deit weh un de Kinner vun de Rookstinkers kümmert vör sik hen.

De Unoort vun dat Rookstinken is wedder en Deel vun dat, wo de Wasungu in jemehr Spraak „gesunne Volkswirtschaft" to seggt. Dat is nich to begriepen, dat dat nichgesunne Leven för gesund ankeken warrt! Man dat is liekers wohr. Un wo se all so narrsch sünd, markt se dat nich: Wo vele Wasungu mit Rookstinken jemehr Leven körter maken wüllt, mööt bannig vele Minschen, Mannslüüd, Froenslüüd, Kinner, na de Hüüs henfohren, woneem Rookrullen wickelt warrt, un dor arbeiden. Se kriegt dor Geld för un koopt sik dor Broot vun. Wo aver Ackerland dorför bruukt warrt, dat se Stinkplanten anboot, hebbt se nich mehr so veel Land för Weten un Roggen, un dat Broot warrt dürer. Dat se sik satteten köönt, dor mööt de Arbeiders länger Rookrullen för dreihen, dat se mehr Geld kriegt un sik Broot köpen köönt. Schullen nu aver weniger Rookrullen bruukt warrn, denn seggt de Tellkuddls, kunnen de Stinkblattarbeiders jemehr Broot nich mehr verdenen. Un de Lüüd, de de Rookrullen verhökern doot, wüllt nich, dat weniger stunken warrt. Ok de Döösköpp, de de Bekers för de Asch maakt, wüllt dat nich. Un wo vun jeedeen Rookrull Geld an de Regerung geiht, will de Regerung dat ok nich. Se kann denn nämlich de Tellkuddls nich betahlen un ok nich de Manns- lüüd, de de Rokkrullen tellt, un de groten Döösbarthels, de dorvun schrievt, wo leeg dat Rookstinken för dat Liev is. Se all glöövt, dat se denn jemehr Broot nich mehr verdeent. Ok gifft dat Wunnermeister, de de Stinkers, de krank worrn sünd, den Raatslag geevt, weniger Rook to stinken, un de dor Geld för kriegt, för dat se sik Broot kööpt. Un ok noch anner Lüüd, de Drüppen oder Pillen maakt, dat de Blootadern nich hart as Steen warrt, un de denn för veel Geld verkööpt. All meent se, se hebbt keen Geld un keen Broot mehr, wenn weniger Rook stunken warrt. Dorüm wohrschaut ok keeneen vör dat Smöken, man överall steiht to lesen: Maakt Rook! Keeneen denkt doran, dat ja dat Broot weniger kösten wörr, wenn de Lüüd, de in de Hüüs Rookrullen maakt, op den Acker gaht, op den se nu Stinkblööd optreckt, un dor Weten un Roggen anboot. Ja, de Tellkuddls sünd bang, düsse Lüüd boot dat, wat se eten wüllt, sülvst an. Un dat denn kene Wagen hen un her fohren mööt. Un denn leevt de Lüüd, de ehr Arbeit denn ja gesund is, to lang un eet dorüm mehr Broot. Dorüm seggt se, dat Maken vun Rookrullen is en grote Saak. Un se snackt dorvun, dat de Volkswirtschaft op goden Kurs is. Dat lett aver, dat de, de sik an dat Rookstinken wennt hebbt, dor en Jieper na kriegt un dor nich recht vun aflaten köönt. Du schusst froh ween, dat keeneen in Kitara düsse Unoort kennen deit.

Düt is dat, wat Lukanga Di vun dat Rookstinken bi de Wasungu to vertellen hett.

Gode Herr, sorg Du dorför, dat Kitara free blifft vun Rookstinkers, Dien

Lukanga Mukara

Postkoort ut dat Johr 1913

freideutfcher
Jugendtag 1913
Jahrhundertfeier
auf dem Hohen-Meißner
am 11/12 Oktober

DE NEGENTE BREEF: LUKANGA OP DEN HOGEN MEIßNER

Mukama, Herr vun de Bullen un Köh. Dree Maand lang heff ik nu wedder för mi alleen leevt, op en Barg un in en Holt. Hier sünd mi jümmers twee Sieden bemött: Regen un Sünnschien; twee Sieden: Küll un Warms; twee Sieden: Kummer un Freid. An't Enn aver hett de Freid de Bavenhand kregen. Dat weer in de verleden Daag. To de Tiet sünd de herkamen, de mi lehrt hebbt: Dat lohnt sik, an en grote Tokunft vun dat Wasungu-Volk to glöven. Vun de will ik Di nu vertellen.

As ik na dat Holt op den Barg güng, weer de Tiet, dat Koorn to meihen. Denn keem dat Gras an de Reeg un de Krüter. Un as de Maand wedder trüchkeem, hebbt de Buern de Knullen ut de Eer ruthaalt un Appeln un Beren plückt. Dor weer dat an een Morgen. Ik harr de willen Hoorndeerten toluustert, de in dat Holt an't Brüllen weren. Denn dat weer de Tiet, wenn bi de Deerten He un Se tosamenkaamt. Ik weer klöker worrn, denn ok in düt Land lehrt de Minschen vun nix anners as vun de Deerten. Nu heff ik mi in mien Graskaat an den Beek to'n Utrohen daalleggt. Dor höör ik nerden an den Weg Stimmen un seh in en Koppel junge Wasungu en Mann, den ik kennen dee, een vun den Stamm vun de Korongo. Ik heff mien Pack tohoopwickelt un bün achter de Wannerslüüd herlopen. Ik heff de Hand vun den Korongo nahmen. He frei sik un all weren

81

se goot to mi, de Jungs un de Deerns. Denn dor weren ok Deerns mit bi, un se weren smuck antosehn. Se kunnen lopen un to Hööchd jumpen. Allens weer een Snacken, Lachen un Singen. Se harrn keen Lievstellaasch un kene Knevelschoh an. Se harrn kene Feddern vun wille Deerten op den Kopp. Jemehr egen Hoor harrn se flecht, un dat hüng jemehren Rüch daal, un üm den Kopp harrn se en Kranz mit rode Beren dor an. As Lukanga dat allens seeg, frei em dat, un he güng dorhen, woneem se ok hengüngen: Den Barg daal un wedder hooch op en annern Barg rop, wo en Wahnplatz vun de olen Försten op stünn*.

Hier kemen vele junge Mannslüüd un Deerns tohoop. Se güngen op de Eer sitten. Een vun jem sä wat, un de annern hebbt toluustert.

Mukama, as ik dat mit mien egen Ohren hören dee, heff ik wat tolehrt. Ik heff lehrt: Dat gifft lege Saken, vun de sik düt Volk freemaken kann. Un ik seeg, de Wasungu hebbt Kinner, de noch wat Besünners rieten warrt.

Dor stünn en Sungu op un sä: „Wi wüllt: Jeedeen Sungu schall Land hebben. Wi köönt dat nich utstahn, dat so vele op'n Dutt wahnt. Blots de, de Land hett un en Vaderkaat, de hett en Tohuus un kann för sien Volkland strieden."

Un all hebbt se luut ropen. Wat heten schull: Ok se sünd dorför, jüst as he dat seggt harr. Dor sä en annern: „Wi wüllt uns freien to uns Volk, wat dat kann un wat dat is, un wi wüllt tohoopstahn. Denn wi sünd Kinner vun een Volk. Wi all snackt een un desülvige Spraak, wi weet, wat uns Vörvaders maakt

---

* Borg Hanstein

un beleevt hebbt. So maakt wi denn dat, wat wi maakt, as Liddmaten vun een Volk: Wi sünd Wasungu. "

Wenn Du, Mukama, nu denken deist, ik harr nich mitropen, as ik dat höört heff, denn liggst Du verkehrt. Mi is kloor worrn: Dor is Gott mit bi, wenn en Volk weet, woneem sien egen Kraft liggt.

Dor weren aver ok welk, de wat anners wullen. Se sään: „Wi wüllt en Ünnerscheed maken twüschen de Jungen un de Olen: Denn de Jungen sünd klook, un de Olen sünd dösig. Wi wüllt nich dat doon, wat annerseen uns vörschrifft. Wi wüllt

jeedeen wat utlachen, de för sien Volk de Hand röögt. Denn wi wüllt blots an uns denken. Denken un jung ween – dat langt. "

Dor repen blots en poor. De annern sään all: „Wat du dor seggst, dat kannst du di för di sülvst vörnehmen. Wi aver wüllt dat nich. Wi wüllt dat anner. "

Un dat weer goot so. Denn düt is bi de Wasungu so faken scheef lopen: Dat hett jümmers mal wedder Lüüd bi jem geven, de vör sik dat Gode sehn hebbt. Wo een aver op den een Padd oder op den annern dor henkamen kann, hebbt se sik eerstmal düchtig in de Plünnen kregen, wat denn nu de beste Weg is. Un dat hebbt se akkerat un vun Grund op maakt. Un dor hebbt se veel bi in sik ringaten, bet dat se an't Enn keen Lust mehr harrn, op dat Gode totostüern. Un anner Völker hebbt sik denn dat Gode nahmen.

Denn snack en Mann, de sik allerbest utkenn. All kennen se em, denn he harr veel nadacht. Un he harr dat för de annern opschreven, wat he rutfunnen harr*. He sä: „Wi wüllt uns dorför insetten, dat jeedeen Sungu, de Saken so seggt, as se sünd. Un nich, as se nich sünd. Wi wüllt uns ok dorför insetten, dat jeedeen, de verkehrte Saken seggt, as legen Minsch ankeken warrt."

Un all hebbt se luut ropen.

Denn sä wedder een: „Wi hebbt uns egen Leder, laat uns de singen, un Danzleder, na de wüllt wi uns dreihen. Un wenn wi dat maakt, denn wüllt wi in dat Land rutgahn, vun een Barg na den annern. Un wi wüllt uns freien. Laat uns aver vörbigahn an all Steden, an de Slukers sitt un den Larm tohöört. Denn dor kümmt allens tohoop, wat nich to den echten Slag vun de Wasungu tohöört: Sluken un Ringeten un Rookblasen un Deerns mit anner Lüüd ehr Hoor un mit Feddern vun wille Deerten."

Dor weren all luut an't Ropen, un een keem na vörn un sä: „Ja, dat is wohr. Wi wüllt överhaupt keen Rook mehr maken un Ringeten ok nich. Uns Aten schall nich stinken. Un uns

---

* Dat weer Ferdinand Avenarius.

84

Sluck schall nich opbölken. Denn blievt wi ok alltiet rein un jung, un dat hele Volk warrt klook un stark. Un överall op de Welt weet de Minschen dorvun, wo smuck wi sünd, un vun dat, wat wi maakt: Dat sünd de Wasungu."

Nu weer de ganze Versammlung as een Mann, een Fro mit een Luut to hören. Mukama, ik bün dor mit bi ween, as düt gewaltige Füer in de Harten vun gode Minschen brennt hett.

Düsse jungen Lüüd hebbt ropen vör Freid, wo se doch Dag för Dag wat Goots för jemehr Volk un Land doon schullen. Ik heff föhlt: De Wasungu warrt nu groot warrn, wo de Tiet vun de Mastbüdels bannig lütt warrt.

Se hebbt noch veel snackt, un een na den annern keem na vörn. Jeedeen keem mi smucker vör as de vör em. Un jeedeen Stimm hett mi anröhrt. Twee Gedanken heff ik bi mi dacht:

Achteihn Maand bün ik in Kitara to Huus ween, un denn heff ik sehn, woans de ne'e Barg vör Dag keem, de glöhnig ut de Eer rutbraken is*. Jüst so lang bün ik in dat Land vun de Wasungu, un nu seh ik, woans dat ne'e Volk vör Dag kümmt, op den Barg, bi dat Holt.

Bi Nacht güngen all, ok de Korongo, den Barg hendaal. Se sünd bet in de Middernacht rinwannert. Un ik bün achter jem her gahn. Se güngen aver un süngen, un een speel dorto op en Fadenholt. Se süngen vun Blomen un Deerten, vun Jungs un Deerns, vun Striet un Leevde un Volkland.

Fröh an'n Morgen stegen se op en annern Barg rop**. Denn dat hebbt sik düsse jungen Wasungu as Regel geven:

---

* In dat Land Kitara speet Vulkane ok hütigendaags noch Füer.

** De Hoge Meißner (Kasseler Kant).

Keeneen dröfft dor wiedersnacken, woneem he al een Dag vörher wat seggt hett. Se weet: De lange Weg maakt den Minsch siene Gedanken rein. Dorüm gaht se op en annern Barg, ehrdat se wiedersnackt.

Dat weer koolt to de Johrstiet. Uns aver is bi't Wannern warm worrn, un wi hebbt in en Bornwater baadt, ünner hoge Bööm. Denn sünd wi na en Wisch hengahn un hebbt dor Minschen funnen, so veel as Gras.

Se seten in'n Krink un snacken. Un se faten sik bi de Hannen un hebbt sungen un danzt. Se danzen mit naakte Fööt, as wi dat maakt in Kitara. Un ok wenn se Kledaasch anharrn, weren se smuck. Denn jemehr Kledaasch weer anners as bi de annern Wasungu. In mi hett allens lacht un leevt, bet to'n Avend. Denn hebbt se en groot Füer anbött un sungen. Denn swegen all still, un een stünn an't Füer un sä wat, in de Spraak vun de Wasungu*. Rund ümto weer dat Nacht, un de Maand lüch un de Steerns. Üm den Barg aver leeg dat Land, för dat dat Füer hier baven brenn.

Ik seeg de Lievgestalten vun junge Mannslüüd un Deerns. Ik seeg jemehr Ogen un dat Füerfunkeln dor binnen. Ik seeg, as frömden Mann, de Tokunft vun en Minschenvolk.

Dor süngen dusend Stimmen dat Leed: „Groot is uns Wasungu-Land". En Wind hett dat Füer hooch weiht. Ik aver heff mien Kopp daalböögt un weent. – –

Du grote König, Du hest losschickt Dien Dener

Lukanga Mukara

---

* Knud Ahlborn

Hans Paasche (1881-1920)

HELMUT DONAT

„AFRIKA HÖÖRT DE AFRIKANERS TO!" EN POOR WÖÖR TO HANS PAASCHE SIEN LUKANGA MUKARA

Hans Paasche is een vun de wenigen Düütschen, de al vör den Eersten Weltkrieg veel vun de afrikaansche Kultur holen hebbt. In de Johren 1909/10 hett he, siene junge Fro Ellen weer dor ok mit bi, en Reis na dat Bornland vun den Nil maakt. Ünnerwegens hett he den Swarten Lukanga Mukara kennen lehrt. Lukanga kunn akkerat henkieken. Un woans he dat, wat Paasche em vun de Kultur in Europa, vun dat Alldagsleven un vun dat, wat in Düütschland begäng is, vertellt hett, is de Achtergrund för de „Breven vun den Afrikaner Lukanga Mukara" – Paasche sien bekanntes Wark. De Rahmen is utdacht: Sien König hett Lukanga, de nix afweet vun dat Tosamenleven in Europa, den Opdrag geven, he schall op en „Forschungsreis na dat Binnerste vun Düütschland" gahn. Un he schall sien König Bericht geven, woans de Witten leevt.

As de „Breven" vun Lukanga Mukara an den 1. Mai 1912 rutkamen un achteran in de Tietschrift „Der Vortrupp", de

Der Vortrupp

| 1. Jahrgang | Nr. 9 | 1. Mai 1912 |

Die Forschungsreise des Afrikaners Lukanga Mukara ins innerste Deutschland.

Vorwort des Herausgebers.

Auf meiner letzten Reise nach Innerafrika besuchte ich ein unerschlossenes Land, das eine eigene, alte, von europäischer weit abweichende Kultur hat. In seiner wunderbaren Abgeschlossenheit bewahrte dies Land bis in unsere Tage Zustände und Volkssitten, die zum Vergleich mit der eigenen Denkart, der eigenen „Kultur" anregen. Ich konnte mich bisher nicht entschließen, über dies Land etwas zu veröffentlichen. Schien es mir doch, als genüge eine Reise von kaum fünf Monaten in jenem Lande nicht, um auf einen ganz vorurteilsfreien Standpunkt zu kommen. Ich brachte den Eindruck mit heim, daß unerschlossene Länder und Urvölker für uns ein Segen seien, weil wir an ihnen, die alle Errungenschaften unserer Kultur nicht kennen und nicht entbehren, die unsere Vorzüge nicht haben, aber auch von unseren Fehlern und Gewohnheiten frei sind, lernen können, uns selbst besser zu erkennen. Es blieb bei mir bis jetzt im wesentlichen bei diesem Bewußtsein. Fern lag es mir noch, mit solchen Betrachtungen hervorzutreten und zur Kritik unserer Zustände aufzufordern. Da fügt es ein ungewöhnliches Ereignis, daß mir meine Aufgabe offenbar abgenommen wird.

Ein Neger, den ich am Hofe des Königs Ruoma traf, ist meiner Anregung gefolgt und hat sich von dem Herrscher des Landes Kitara den Auftrag geben lassen, Deutschland zu bereisen. Lukanga Mukara ist, wie sein Name sagt, ein Mann, der von der Insel Ukara im Viktoriasee stammt. Er ist frühzeitig von der übervölkerten Insel nach der Nachbarinsel Ukerewe ausgewandert und hat dort bei den „weißen Vätern" Lesen und Schreiben gelernt. Dann ist er auf einer Reise dem Pater, den er begleitete, entlaufen und bei Ruoma, dem König

Dat eerste Mal, dat H. Paasche sien „Lukanga Mukara" vör Dag kamen is, an'n 1. Mai 1912 in de Tietschrift „Der Vortrupp"

90

Hermann Popert tohoop mit Hans Paasche rutgeven hett, afdruck worrn sünd, hebbt vele Lesers dacht, se kaamt würklich vun en Afrikaner. Wo keeneen mit rekent harr: Se sünd goot opnahmen worrn vun de, de na ne'e Levensformen söcht hebbt. Dat sik en swarten Mann mit de Weerte un Normen vun den düütschen Börger ut'neensetten dee – dat weer meist nich to glöven. As de Kolonialismus mit Macht Opdrift kregen harr, hett de kloke Lukanga Mukara, de sik in vele Saken na de Natur richt hett, de Düütschen vör Ogen holen: Se hebbt keen Recht, sik as en Rass to sehn, de över de annern steiht, un anner Völker jemehr Oort to denken un to leven optodrücken. Ok bekriddelt he, dat sik de wilhelminsche Gesellschaft för wat Beters höllt. Kloor süht Lukanga Mukara: De Witten acht nich dat, wat dor is un wat se in Afrika finnt. De Anklaag gellt över Lännergrenzen un Tieden weg. Se richt sik dorgegen, dat de annern de europäische Oort to leven, wat dor begäng is un wat för Regeln dat gifft, övernehmen schüllt. Ok in düssen Punkt köönt de „Breven" vundaag noch gellen.

Dat geiht üm en ökologische Sicht op den Alldag, dat wille Wassen vun de Wirtschaft, wat dat utlööst hett un wat dorna kümmt, dat de Minsch nich mehr in densülvigen Takt as de Natur leevt, dat Froenslüüd ünner de Fööt vun de Mannslüüd liggt, dat Jachtern na Geld un Togewinn, dat Lüüd jümmers blots na baven wüllt un dorför en Leven vull Unrast föhrt, dat keen rechten Kurs kennt, wat de Minschen in de Kniep un vun de annern Minschen afbringt, wat jüm bang maakt un de Freid nimmt, wat Süük un Dood mit sik bringt. Vun dat Tosamenspeel weet wi vundaag veel mehr as noch vör den Eersten Weltkrieg, as dat Leven noch suutje un veel mehr na faste Regeln afleep. Jüst dorüm aver fallt op, mit wat för en kloren Blick Hans Paasche sik de Gesellschaft towennen deit, de „in den Deenst vun dat Daaldrücken un Lüttmaken steiht",

de dor an glöövt, dat en starke Hand mit Gewalt allens regeln kann, de „Gesichter, stump, ahn Glück" vör Dag bringt, man kene freen Minschen mit Knööv in de Mauen.

Allens dat, wat de Düütschen to de Tiet as wat Besünners un as sülvstverständlich ansehn hebbt, nimmt Lukanga Mukara sik vör: Wat is mit „Düütschland över allens", de Lüüd snackt mit twee Tungen un sett sik to geern op dat hoge Peerd. Se staht sik in jümehr Koppeln bi, loopt de Macht achtera. Wat verstaht se ünner Plicht un Ehr? Wat richt se an de Natur an Schaden an, wo klöövt se ehr to Schannen? Wo steiht dat üm dat Arvrecht, den ungerechten Opboo vun de Gesellschaft? Woans is dat Arbeitsleven, de Volkswirtschaft, allens üm Geld un Verkehr regelt? Woso nehmt de Minschen en Rull as Knecht an un denkt in baven un ünnen? Mit Gewalt un Macht treckt se jümehr Kinner op. Wat is bi't Eten un Drinken begäng? Dat „Rookstinken", dat unsinnige Hen un Her, de Beergeselligkeit, de „Unoort, sik wat anttotrecken". De Reklaam un allens to göven, wat opschreven is, de Schiet- un Dreckliteratur. Dat sik de Lüüd Dag för Dag sülvst wat vörsnackt un de Mallbüdeleen vun de Witten – allens dat un noch veel mehr kickt sik Lukanga Mukara mit grote Ogen an, un denn vertellt he dat mit klore Biller, klook, speetsch, mit Ekel, man he föhlt ok mit de mit, de dor ünner to lieden hebbt.

Vörbiller för de „Breven" weren för Hans Paasche de „Cartas Marruecas" (1773, rutkamen eerst 1789) vun den spaanschen Schrieversmann José de Cadalso un de „Lettres Persanes" vun Montesquieu, de an den Anfang vun den Weg staht, den de Philosoph un Schriever nahmen hett. Montesquieu hett sik mit de Ogen vun en Naturminsch ankeken, woans de Franzosen in sien Tiet mit de Literatur, soziale Fragen un Politik ümgaht. Op düsse Oort hett he sik afwennt vun en Sicht op de Welt, de nich över Europa rutgeiht. Un jüst dat hett sik ok Paasche för Düütschland an den Anfang vun't 20. Johrhunnert vörnahmen. Mit sien „Entdecker-Fohrt" wull he op wat daal, wo keen annern sik üm scheert hett un wat kloor un eenfach heet: „Afrika höört de Afrikaners to".

De Lüüd mit Macht in Staat un Gesellschaft hebbt Lukanga Mukara as een ankeken, de sik vun buten inmischen will. Wat he to seggen harr, hebbt se beluert, dat hett jem dwars seten. In den Eersten Weltkrieg weer dor gor nich an to denken,

de „Breven" as Book ruttobringen. De Militär- un Zensur-
behörden harrn dat stantepe verbaden; wo düütsche Militärs
un Politikers mit den Krieg op daal wullen, dat weer ok de ne'e
„Levensruum" in en groot Kolonialriek in Afrika. Eerst 1921
weer Lukanga Mukara wedder dor; denn sünd siene „Bre-
ven" nee rutkamen. Vele Lüüd hebbt jem leest – sünnerlich in
republikaansch-pazifistische Koppels, den linksbörgerlichen
un sozialkritische Twieg vun de Jugendbewegung un ok vun de
sozialistische Arbeiterjugend. 1929 hett Walter Hammer in sien
„Fackelreiter-Verlag" de sövente Oplaag vun de „Entdecker-
Fohrt vun den Afrikaner" rutgeven. So weren de „Breven" in
de Weimarer Republik een vun de Böker, de in de düütsche
Jugendbewegung an meisten leest worrn sünd. Man 1933 weer
dat dormit vörbi. De Natschonalsozialisten hebbt Lukanga
Mukara verbaden, un mit em noch anner Saken, de Hans
Paasche schreven harr.

Man op Duer kunn keeneen de beiden wegsparren oder
wegdenken. Ok wenn se jümmers wedder lütt maakt, utlacht
un wegslaten worrn sünd – se sünd in dat tokamen Johrhunnert
liekers nich vergeten worrn. Lütte un grote Verlagen hebbt sik
kümmert üm dat, wat Lukanga Mukara to seggen harr. Vun
1921 op an sünd op Düütsch hunnertdusende Böker druckt
worrn. Vör lange Tiet al sünd de Breven in de däänsche, nedder-
landsche un japaansche Spraak översett worrn – un nu kümmt
en Utgaav op Plattdüütsch dorto, de Reinhard Goltz mit veel
Plie maakt hett. So is en olen Wunsch Wohrheit worrn, un ik
segg em dor vun Harten Dank för.

Wat nimmt uns so in för de „Breven"? Mit scharpen Ver-
stand geiht Hans Paasche an de Themen ran, he deit dat plietsch
un bringt uns to'n Högen. Denn scheedt wi as Lesers en Sett ut

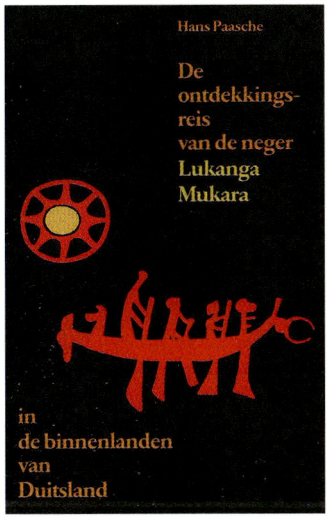

Ümslääg vun „Lukanga Mukara"-Utgaven ut de Jahren 1991 (Verlag Kairos, baven links), 1981 (baven rechts), 1989 (Goldmann, ünnen links) un 1984 (Donat Verlag, ünnen rechts)

Bookümslag vun de sövente Oplaag vun „Lukanga Mukara"
(1929) un wat in de 1920er Johren in Böker vun den Fackel-
reiter-Verlag as Henwiesen op „Lukang Mukara" afdruckt
worrn is

un wi kennt uns wedder in dat, wat wi leest hebbt. Un wat nimmt he nich allens in'n Blick! Vele Saken, över de wi noch gor nich recht nadacht hebbt, kriegt op mal en Haken. Jümmers hett dat, wo dat üm geiht, mehr Sieden as een. Un de Blick ut exotische Ogen is för Paasche blots een Weg, dor mit den Finger op to wiesen, mit wat för Vörordelen wi uns afsleept un wat dat nich beter is, den Kurs nee aftosteken. Lukanga Mukara fraagt na den Sinn vun uns Leven, woans wi uns dat inricht hebbt, wat wi in Gang un woso wi dat so hild hebbt. Woso maakt wi dat, wat wi maakt? Un op wat wüllt wi daal? Fragen, de dör dat hele Leven bi uns bi sünd.

Noch en Punkt is vun Belang, ok wenn de nich glieks in't Oog fallt. Wi seht de Saken in un üm uns rüm anners, wenn wi twintig sünd as mit dörtig, veertig, föfftig oder sösstig. So geiht uns dat ok, wenn wi Lukanga siene Breven leest. Op mal spöört een dor Themen op, för de een teihn oder twintig Johr vörher noch gor keen Sinn harr. Wi nehmt de Wöör anners op, un hier un dor hebbt wi anner Antennen utbillt oder uns Ohren sünd scharper worrn. Dat kann een ok so seggen: Wi kaamt pö a pö an de velen Sieden vun Lunkanga oder Paasche sien Sicht op de Welt ran. Hier twee Bispelen för:

In sien sössten Breef gifft Lukanga Mukara Bericht vun dat „flaue Koorn", dat krank maakt un mörr, un vun Medizin-pulver, dat se de Minschen opsnackt. Wat Lukanga hier be-schrifft, höört sik so an, as harr he sik hier wat tosamenriemelt. So is dat aver nich. Denn he hett nipp un nau henkeken, un een wunnert sik, vun wo Paasche dat allens to weten kregen hett, dat he akkerat optellen kann, wat dor bi rutsuert, wenn in dat Eten un Drinken weniger an Natur binnen is. Dat maakt vele Minschen süük, un op de anner Siet kann een dor en Barg

Geld mit verdenen. Vundaag weet wi vun vele Studien un Opsätz, dat Wittmehl Zivilisatschoonskrankheiten mit sik bringt un ut dat natüürliche Vullkoorn allens dat ruttreckt, wat de Minsch bruken deit. Koorn, fröher mal en wunnerbor Levensmiddel, kann een över Johren lagern, wenn dat luftig utleggt warrt. Vundaag sorgt de Levensmiddelindustrie dorför, dat Eten un Drinken över lange Tieden frisch blifft. Wat fulen oder muchelig warrn kann, warrt wegmaakt. Wat op'n Markt kümmt, sünd kene Levensmiddel, dat sünd „Doodmiddel", as Wittmehl, hart maakt Fett, hoochraffineert Ööl, raffineert Zucker un ultrahitt maakt Melk. Dorto kaamt Middel to'n Konserveren un Suern, künstlich Aroma, Klöörmiddel un Saken, de den Smack stärker ruthaalt. In anner Wöör: Üm uns to finnt wi Massen an Eten un Drinken, ut de de Natur ruttrocken worrn is un in de keen Kraft binnen stickt. Den Naam „Levensmiddel" hebbt se nich verdeent. Man ok hier gellt: Ünner dat, wat den een rieker maakt, de dorför sorgt, dat Eten, dat nix döggt, maakt un op den Markt bröcht warrt, hebbt de annern to lieden, de dat flaue Koorn eet un dor süük un mörr vun warrt. Also schüllt se wat bavento to sik nehmen, Pillen un annern Kraam, vun den dat heet, se bringt dat in, wat to'n Bispeel ut de Plant vörher an Natur ruttrocken worrn is. Man ok düt „Stark-Maken" wiest sik sünnerlich „stark" op dat Konto vun den, de de Saak in de Hand hett. Un ok dat is kloor: All de Middel, de för wat insett warrt oder de bavento kaamt, maakt de Laag nich beter, man eher noch leger.

In de Oort löppt dat ok mit den Zucker: Woans warrt he maakt un woans bruukt wi em, wedder afhannelt in den sössten Breef. Ok hier is Paasche (ünner den Naam vun Lukanga Mukara) mit sien Denken vör sien Tiet. Nipp un nau wiest he op dat, wat dorbi rutsuert, wenn de Minschen de verkehrten Saken eet un drinkt. Hier hangt en grote Industrie mit an: de Zuckerindustrie. So weet wi vundaag: To'n Bispill Karies kümmt vör allen vun Zucker, ut den natürliche Stoffe ruttrocken sünd. Man vun wo hett Hans Paasche dat weten, un dat vör nu al mehr as hunnert Johr? Dat hangt tohoop mit sien Vadder. Hermann Paasche, Vizepräsident vun den Düütschen Rieksdag, hett op Kolonien sett un in'n Krieg bannig Gewinn maakt, he weer „Geschäftspolitiker en gros", un he hett allens in Gang sett, ut siene Kuntakten in de Politik Geld to maken. So weer he in den Rieksdag as Lobby-Mann för de Zuckerindustrie in de Magdeborger Börd ünnerwegens. Achter den „Tellkuddl", de de Afrikaners dorto kriegen will, bi den Welthannel mittospelen, stickt kloor de Wirtschaftswetenschaftler

un -statistiker Hermann Paasche; jüst so is dat bi den „Kuddl", de dat Volk dor vun afbringt, dat to eten, wat eenfach so op dat Feld wassen deit, wo he doch Geld dormit verdenen will – ok dat is keen annern as Hans Paasche sien Vadder. Anners seggt: De Söhn hett vun ganz dichtbi ankeken, woans de Industrie en Naturstoff övernimmt, dor wat vun maakt, dat ungesund is, un dat denn op den Markt bringt. Blots en Handvull Schriften ut de Tiet vör hunnert Johr sünd woll so „modern" as Hans Paasche sien „Lukanga Mukara". Den Sinn un Achtersinn vun vele Saken verstaht wi sounso faken eerst veel later. Paasche hett op sien ganz egen Oort in de Tokunft keken. Un he hett wohrschaut. As keen Düütschen oder Europäer vör em hett he sik vun de Vörstellungen ut sien Tiet aflööst un en Ümdenken verlangt: „De eenzige Weg, Afrika op sien Siet to bringen", schrifft he in 'Dat verloren Afrika', „geiht in de egen Bost rin. Un de warrt Äthiopien in sien Hand kriegen, de dat meiste för de Freeheit maakt hett. De wille Natur un dat de Völker blots för sik leevt hebbt – dat allens is jüst so as bi en echte Fro. Se warrt nich den leev hebben, de an ehr ran geiht, üm ehr wat bitobringen un ünner sien Fuchtel to bringen, man den, de ehr tohören kann! Wo arm un elennig sünd wi worrn, wo wi an de swarten Minschen uns gräsigen Vörstellungen vun Leven un Arbeit bröcht hebbt un Woren för den Weltmarkt ut jem rutpresst hebbt; un wat hett uns Kunst nich allens vun de Unkunst afnahmen, wo wi uns vör hölten Götzen versammelt un ut swarte Hannen nehmt, wat se geern geevt. Dat gifft blots een Weg, Volk mang Völker to ween; glücklich Volk: sien Leevde ahn Wenn un Aver in de annern to geven."

Wat Paasche as Marine- un Kolonialoffizier beleevt hett, as de Oprohr vun den Minschen in Düütsch-Oostafrika 1905/06 daalslaan worrn is, dat hett bi em en Ümdenken in Gang sett. Nu hett he de afrikaansche Kultur mit anner Ogen ankeken. 1909 is he ut de Marine rutgahn. De düütsche Jugendbewegung harr sik jüst op'n Weg maakt, un dor hett he en grote Rull in speelt. As Schrieversmann un in Versammlungen hett he dat Woort nahmen un sik för Freden insett un dorför, dat dat twüschen de Minschen gerecht togeiht. He is gegen dat Jagen vun Seehunnen angahn, hett veel lüttere Fangquoten verlangt, he hett de „Feddermood" bekriddelt, de dorbi weer, ganze Vageloorten uttolöschen. Insett hett he sik för en „natüürliche

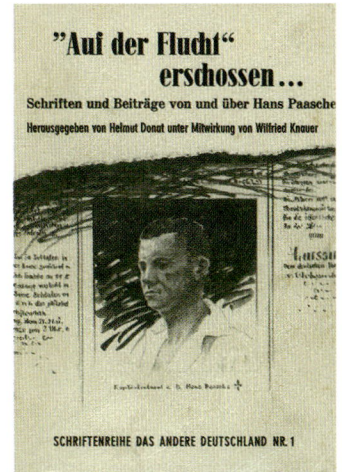

Ümslagbild vun Hans Paasche sien Book „Das verlorene Afrika" – dor schrifft he: Dat is goot, dat Düütschland kene Kolonien mehr hett (1919) – un vun dat Book „Auf der Flucht erschossen…", dat 1981 to sien hunnertsten Geboortsdag rutkamen is

Oort to leven", as Vegetarier leven, Landreform, weniger Larm, Stimmrecht för Froen un Wahnkoppels, dat Froen Bistand kriegt bi Kinner un Köök. Angahn is he ok dorgegen, dat sik de Offiziere as Herren un as betere Minschen opföhrt. He wull de Doodsstraaf ut dat Gesetz wegstrieken laten. Un he is gegen dat Drinken vun Alkohol angahn un gegen dat, wat dor achteran kümmt: Tuberkolose, Verbreken, Grabbelee un Horeree un Syhilis oder anner Süken.

In'n August 1914 is Paasche wedder Suldat worrn, för em stünn fast: De Krieg weer gerecht un dat Kaiserriek müss sik wehren. De Militärs hebbt em aver nich troot, un so hebbt se em as Wachmann op den Lüchttoorn „Roden Sand" Deenst maken laten. As he laterhen Kumpanieföhrer in Willemshaven weer, hett he begrepen, wat för en Rull de Hohenzollern in den Weltkrieg spelen. Un denn hett he dat ok nich mehr för sik beholen, dat he gegen den Krieg weer. An't Enn vun dat Johr 2016 is he ut de Marine utmustert worrn. He güng denn in den politischen Ünnergrund, hett sik för en Freden na't Verhanneln utsnackt, hett verbaden Druckwarken un Handzedels verdeelt un to'n Streik in Rüstungsbedrieven opropen. In'n Harvst 1917 hebbt se em as „Hochverräter" fastsett, as „krank in'n Kopp" afstempelt un in en Berliner Anstalt wegsparrt. Dor hebbt em revolutschonäre Matrosen an'n 9. November 1918 ruthaalt. As Liddmaat in den „Vollzugsrat der Arbeiter- und Soldaten-räte" wull he de, de schuld an den Krieg weren un de dorför sorgt harrn, dat de Krieg noch so lang wiederlopen weer, vör en Volksgericht bringen. Man de Böversten vun de Sozialdemo-kraten hebbt dor en P vör sett. De Revolutschoon weer nich so lopen, as he sik dat vörstellt harr, un so hett he sik op sien Landgoot trüchtrocken. As Vörstandsmann in den pazifistischen „Bund Neues Vaterland" hett he sik dorför insett, dat sik Düütschland mit Polen un Frankriek verdreegt; he hett kloor rut seggt: Dat is goot, dat Düütschland kene Kolonien mehr hett. Vun de Düütschen verlang he: Se schullen jümehr Denken un Doon nich an Gewalt utrichten; de Politik schull op en Grundlaag vun Moral un Ethik stahn – deen se dat nich, so meen he, wörr dat wedder to en Weltkrieg kamen.

Dor is seggt worrn, he harr op sien Landgoot Gewehren för en kommunistischen Opstand versteken. Mit düsse Vörstellung in'n Kopp sünd an'n 21. Mai 1920 üm un bi sössig Suldaten vun en Riekswehr-Schützenregiment, de rechtsradikal utricht weren, op dat Goot kamen un hebbt Paasche, as laterhen seggt worrn is, „op de Flucht" dootschaten. Gewehren hebbt se kene funnen. De Moord is nich vör Gericht kamen.

Dat sien Lukanga Mukara so vele Lesers funnen hett, dat hett Hans Paasche, fröh al dootmaakt vun rechte Lynchjustiz, nich mehr beleevt. Wenn een vundaag de „Breven vun den Afrikaner" leest, schull een dor an denken.*

---

* In düsse Böker geiht dat üm Hans Paasche – woans he leevt hett un wat he in Gang bröcht hett: Hans Paasche: „Ändert Euren Sinn!" Schriften eines Revolutionärs. Hrsg. von Helmut Donat und Helga Paasche. Donat Verlag, Bremen 1992. – Werner Lange: Hans Paasches Forschungsreise ins innerste Deutschland – Eine Biographie. Donat Verlag, Bremen 1994. – Hans Paasche: Die Forschungsreise des Afrikaners Lukanga Mukara ins innerste Deutschland. Mit Beiträgen von Iring Fetscher und Helmut Donat. Donat Verlag, Bremen 2015. – Hans Paasche: Das verlorene Afrika. Ansichten vom Lebensweg eines Kolonialoffiziers zum Pazifisten und Revolutionärs. Hrsg. von Werner Lange unter Mitwirkung von Helga Paasche. trafo Verlag, Berlin 2008. – Helmut Donat: Keine Abkehr vom Militarismus – Hans Paasche und das Scheitern der Novemberrevolution 1918. In: Zeitschrift für Geschichtswissenschaft, 66. Jg., Heft 11/2018, S. 917-930. – Lothar Wieland: Vom kaiserlichen Offizier zum deutschen Revolutionär – Stationen der Wandlung des Kapitänleutnants a.D. Hans Paasche (1881-1920). In: Wolfram Wette/Helmut Donat (Hrsg.): Weiße Raben – Pazifistische Offiziere in Deutschland vor 1933, Bremen 2020, S. 179-192.

JUNGE MENSCHEN
BLATT DER DEUTSCHEN JUGEND
STIMME DES NEUEN JUGENDWILLENS
HERAUSGEBER:
DR.MED.KNUD AHLBORN / WALTER HAMMER

| 2. JAHRGANG | ENDE MAI 1921 | HEFT 10 |

HANS PAASCHE

als Führer der Rußlexpedition im neuafrikanischen Aufstand 1905, in einem von den
Negern verlassenen Dorfe die zurückgelassenen und hungernden Tauben fütternd.

VERLAG „JUNGE MENSCHEN" G. M. B. H., HAMBURG 36, Johnsallee 54
WIEN 17, Geblergasse 69.

VIERTELJÄHRL. (SECHS NUMMERN) SECHS MARK (JÄHRL. 10 FRS., 2 DOLL.)   PREIS DIESES HEFTES EINE MARK 25 PFG.

*Butensiet vun dat Heft vun de „Jungen Menschen", Enn Mai
1921, dat Hans Paasche todacht weer*

REINHARD GOLTZ

LUKANGA MUKARA OP PLATT

Es woll so: Lukanga Mukara siene „Breven na Huus" kriegt en heel un deel frischen Dreih, wenn een de op Platt in de Hand nimmt. Hans Paasche hett jüm op Hooch schreven. He wull dat so. Denn he wüss: Blots op Hooch kunnen em de Minschen in Düütschland verstahn. Nu aver is dat Book al enige hunnert-dusend Mal druckt worrn – de dat lesen will, de kann dat ok.

Un nu also op Platt. Över veer Johrhunnerten is de platt-düütsche Spraak minnachtig ankeken worrn – as Spraak vun de Buern, vun de Döösbarthels, vun de, de nich mit de Tiet mitgahn sünd. De dat Seggen harrn, hebbt veel dor an sett, de Regionalspraak uttolöschen. Eerst ut de Amtsstuven, denn ut de Scholen, vun de Straten un Geschäften, vun de Verenen, ut de Familien.

In de „Breven" geiht dat üm en anner Sicht op Düütschland. Un dat geiht üm Biller. Biller, de de Minschen in'n Kopp hebbt, un na de se sik jemehr Weltbild boot; dat maakt jeedeen för sik sülvst, man dat gifft ok Biller, de vele in en Gemeenschaft deelt. Hans Paasche will sien egen Gesellschaft mit de Ogen vun en Ethnologen ankieken; so hett he de Biller kennt, de de Düütschen üm dat Johr 1900 vun sik sülvst harrn; un de Biller, de se vun de Minschen ut Afrika in sik dragen hebbt. Düsse

Billerwelt is de Achtergrund för allens, wat he in Lukanga Mukara siene Breefberichten to Protokoll gifft. Wiesen will he uns, wo wiet düsse Biller weg sünd vun allens, wat mit Verstand un Würklichkeit to doon hett.

Nich veel anners is dat bi de plattdüütsche Spraak. Jüst as Minschen mit swarte Huut verstännig un klook ween un sik in de Künsten allerbest utkennen köönt, jüst so is Platt nich vun sik ut dösig, halfbackt oder ok blots „ünnerkomplex". Wenn nu aver en (utdachten) Afrikaner op Plattdüütsch schrifft, is de Barg an Vörordelen glieks dubbelt so groot. Un mag ween, dat denn jeedeen Leser för sik begriepen deit: De Saak mit de Biller in uns Köpp is doch nich so eenfach.

Hans Paasche stött uns dor mit de Nääs op, dat wi uns fraagt, wat uns Biller so blieven köönt oder anners warrn mööt. Jeedeen för sik. För sowat bruukt de Minsch Tiet. Man bi't Lesen hett he de ja. Wenn also dat plattdüütsche Lesen noch en lütt beten länger duert as dat hoochdüütsche, denn is dat gor nich verkehrt. In düsse Tiet köönt wi nämlich uns Biller nee tohoopstellen, köönt allens dat, wat wi vun uns sülvst meent un woans wi anner Lüüd in Schuuvladen rinpackt, nee bedenken un op en anner Grundlaag stellen.

Dat allens kann Paasche aver blots in Gang setten, wenn he siene Lesers to Liev rückt un dorbi fründlich blifft. He brennt en Füerwark ut Wöör un Klang un Inhalt af, nienich weet een nipp un nau: Is dat nu Dokumentatschoon, Parodie, Satire? Will he uns för'n Narren hebben oder is em dat eernst? Wi markt, dat he sik högen deit, wenn he uns in sien Spraakspeel rintreckt.

Bi't Översetten mütt een oppassen, dat een düsse Unkloorheiten nich toschannen maakt. Lukanga Mukara kümmt op de een Siet afsluuts seker mit de düütsche Spraak trecht. Denn aver bruukt he en Handvull Wöör doch en beten anners. Wenn dat üm dat *Ringeten* geiht, denn höört bi em de Alkohol un allens, wat dormit tohoophangt, mit dorto. Dat Woort is jümmers noch datsülvige, man dat hett sik vun dat, wat wi ut uns Alldag kennt, en Stück verschaven. Sowat in de Oort finnt wi ok bi hoochdüütsche Wöör as *Mästling* oder *Menschenvolk*. Un ok wenn he ne'e Wöör in de Welt sett, mööt wi eerstmal rutkriegen, wat he mit dat Woort utrichten will – as bi den *Rauchstinker*. De is un blifft aver en Stinker, een, de Stank maakt. Un dat kann he as *Rookstinker* ok op Platt. En *Smöökstinker* klingt dorgegen en beten to fründlich.

Nu will Paasche aver ok den hogen Sinn vun Lukanga Mukara utdrücken. Wenn he sik an sien König wennt, denn fallt Wöör, de to en högere Stilebene tohöört, as *erhaben*, *edel* oder *entzücken*. Hier aver is de plattdüütsche Spraak in't 21. Johrhunnert nich goot opstellt. Hier harr een Wöör mit smucken Klang hersöken kunnt, de aver keeneen kennen deit. Man Lukanga Mukara schrifft ja in den Tungenslag an sien König, de för em passlich is un nich överdreiht: Wöör, de Dag för Dag bruukt warrt.

För Lukanga Mukara, de ja plietsch is un de Blickrichting ümdreiht, sünd de Düütschen *Eingeborene*. Man all weet wi, wat dormit meent is. Un dat is „eenfach, exotisch, unmodern, elementar, keen Spier Bildung, wild, maakt allens na de Drift, de in minschliche Natur binnenstickt" un noch veel mehr. Dat is dat Gegenstück to den „ziviliseerten Minsch". Dat Woort *Eingeborene* schall bi't Lesen wehdoon – jüst wo de Düütschen so betekent warrt. Un op Platt? In keen plattdüütsch Wöörbook steiht en Indrag *Eingeborene*. Nu harr man eenfach *Inborene*

oder *Ingeborene* dorvun maken kunnt. Dat harr jeedeen verstahn. Un ok dat, wat an Weertungen un Vörordele dor anhangt, harr een so woll ok in de plattdüütsche Spraak rinhalen kunnt. Denn aver heff ik miene Ohren opsparrt, heff henhöört, wenn Lüüd över Frömde snackt hebbt, un dat dor, woneem de Frömden to Huus sünd. So heff ik dat Woort vun de *Hiesigen* opsammelt. Nee, dat is lang nich so groff un veniensch as *Eingeborene*. Man wenn de Lüüd vun de *Hiesigen* snackt, denn wiest se to allereerst op de Annershaftigkeit hen. Hier heff ik also en Woort nahmen, in dat weniger Wumm stickt, dat aver doch in'n Alldag bruukt warrt.

Dat een bi dat Översetten hen na de Regionalspraak faken mehr henkieken mütt, as wenn dat na en grote Spraak geiht, hett ok dormit to doon, dat sik de Schriftspraak eng an dat anlehnt, wat snackt warrt. Dorto kümmt: De plattdüütsche Literatur speelt tomeist in Noorddüütschland, dat geiht üm Minschen in jemehr noorddüütsche Levenswelt. Eerst an't Enn vun de 1980er Johren loopt överhaupt Minschen mit en swarte Huut dörch plattdüütsche Vertellen. Gerd Spiekermann nimmt in „As de Neger keem" en Bült Vörordelen gegen Swarte op un dreiht jem all tohoop gegen düsse Figur. Sien Geschicht kennt keen Punkt un Komma, den Kurs gifft de „stream of consciousness" vör. Wat dorbi rutkümmt, dat is de Binnensicht vun en Witten op en Swarten – un dat is meist nich uttoholen. To desülvige Tiet hett Bolko Bullerdiek na en Besöök in't süüdliche Afrika sien Zyklus „Apartheiten" schreven: dröög, dicht an de Würklichkeit, vertellt ut mehr Perspektiven as een.

Dat sik de Biller in'n Kopp mit de Johren pö a pö doch en lütt Stück verschaven hebbt, dat wiest Yared Dibaba. Siet Anfang vun de 2000er Johren is he dat plattdüütsche Medien-

Gesicht. De Lüüd möögt em, siene Oort, as Feernseh-Mann mit Minschen ümtogahn un vun sik to vertellen. De Mann mit de kaffe-klöörte Huut geiht as „authentisch noorddüütsch" dör. Sowat harr een sik vör 30 oder 50 Johr noch nich vörstellen kunnt. Yared Dibaba weet aver, dat dat Thema „Swart un Witt" noch lang nich ut de Welt is. Dat gifft kene Lesung, in de he dat Thema nich ansnacken deit.

Un denn is dor noch de Free- un Dwarsdenker Rainer Prüss ut Flensborg. 2013 hett he düt Gedicht maakt. Un he hett mi Verlööv geven, dat hier noch mal wedder aftodrucken:

„Bimbo"

De Käpt'n hett mi „Bimbo" roopen
doch de is al lang versoopen
Kröger seggt: Wat drinkst du, „Neeger"?
dat klingt denn je noch veel leger
Lütje Deern seggt: Kiek mal, 'n „Swattn"
Mamma, hett de ook en Harten?
oder is das gar ein Tier?
Mama seggt: Kumm weg vun hier
Anner Lüüd, de nennt mi „colourd"
dat is ook je wull belallert
denn dat „colourd" heet je „bunt"
Bün ik denn 'n bunten Hund?
Joseph Conrad nennt mi „Nigger"
dat is ook je nich veel schicker
denn ik kaam ut Tiebensee
dat's bi Büsum glieks in Lee

Vadder is ut Wesselburen
hett mi mitbrocht vun sien Touren
Fraagst Du mi, watt büst för een'n?
segg ik, kannst Du dat nich sehn?
Ik heet „Bruhn", mien Deern heet Lilly
un mien Modder röppt mi „Willi"

Hans Paasche harr wiss sien Freid hatt an düssen Willi, de henkickt un henhöört, wenn de annern vun sien Annershaftigkeit snackt, de aver sülvstbewusst sien egen Kurs stüert. Willi weet, woneem he to Huus is.

Vör mehr as hunnert Johr hett Paasche mit sien Lukanga Mukara en Appell an de Vernunft un an de Minschlichkeit rutschickt. Un de hett dat verdeent, dat de Minschen em in all Spraken lesen köönt.

HANS PAASCHE SIEN LETZTE STÜNN

Storven den 21. Mai 1920

He leeg bi den See. Mit den Ellbagen stütt he sik in den weken Sand af. He frei sik an de Sünn, an den Middag, an dat Vörjohr. He weer mit sik un de Welt tofreden. Wiet weg marach de Welt sik af, he harr ehr meist vergeten. En lüttje Wulk seil langs den Heven, bald warrt se över den See ween, sik för en korte Tiet lang vör de Sünn schuven. „Nubicula est, transibit." Blots en lüttje Wulk, dat geiht vörbi …

He höör „Hallo" ropen, dat kunn blots för em ween. He sett sik op, en poor Suldaten güngen dör dat Jungholt, repen „Hallo". He wull opstahn, jem in de Mööt gahn, man denn bedach he sik, denn he weer naakt.

De Suldaten kemen dichter. Nu stünnen dree vör em. Se fleiten na de annern. „Se sünd Kapitänleutnant Paasche", sä een, ahn dat he em gröten dee. De Suldaten stünnen dor, dat Gewehr vun de Schuller, keken an em vörbi. Op den See, op dat Huus, op de Wulk, de neger keem.

„Wi mööt mit Se snacken", sä de een so dör de Tähn, „is blots en lütte Saak, de wi weten wüllt. Staht Se bidde op un kaamt Se mit uns mit." Paasche keek em an. Dat weer en jungen Keerl. Dat Lögen stünn op siene Dunenbacken schreven. De Stahlhelm drück en Kinnergesicht doot. As de naakte Mann em anseeg, schoot em de Klöör noch mehr

Hans Paasche sien Graffsteen
ob de Borg Ludwigstein

in't Gesicht. Paasche sett en Smuustergrienen op. De Offizeer trummel mit de Finger op sien Mantel. Paasche keem mit en Ruck to Hööchd, dat Water leep vun sien Lief hendaal. Denn güng he na dat Huus to, keek sik nich üm. De annern güngen achter em. Na twintig Schreed knall dat tweemal. He full üm. De Wulk weer bi de Sünn ankamen. Nu warrt't koolt. Nich anfaten. „Wull flüchten" höör he en Stimm, denn kreeg he nix mehr mit. Müss nich mehr hören, as een „tja" sä, sik en Zigarett ansteek. Jeedeen vun de Suldaten kreeg een.

Fritz Groß

Ut: Das Andere Deutschland, 24. Mai 1930

De Biller bet hen na de Siet 81 (blots nich de Figur op Siet 64) sünd vun afrikaan-sche Wandbiller vun de Bissagos-Inseln un ut Lunda afnahmen. Se kaamt ut en Extra-Utgaav för Bökerfrünnen, de de Druckeree Brüder Hartmann 1955 maakt hett, de aver nich as Book verköfft worrn is. Dat Archiv vun de düütsche Jugend-bewegung dankt wi, dat se uns dat weertvulle Prachtbook utlehnt hett. Gerdt Kutscher hett de Biller utwählt, un Frans Haacken hett dorna de Klischees tekent. De Grootbookstaven un de Överschriften vun de Stremels un vörn in't Book hett de Bremer Künstler Tilman Rothermel maakt. Susanne Burghardt hett de eersten dree Biller för den negenten Breef tostüert. De Teeknungen op de Sieden 86, 87, 91, 103, 110 und 112 sünd vun Arjen F. de Groot (Soest), de sik dorför Vörbiller ut Afrika nahmen hett. Afdruckt sünd se in de nedderlandsche „Lukanga Mukara"-Utgaav vun den Verlag Kairos (1991). Biller na Teeknungen vun Hans Paasche – de harr he an en Kalkwand vun en Hütt funnen – sünd hier to sehn: Siet 64 (Askari), 92 (en feverkranken Mann kriggt sien Kopp masseert), 99 (Kriegsmann mit Schild, Küül un Speet), 105 (Leopard), 107 (Fisch) un 109 (Antiloop). Afdruckt sünd se in Hans Paasche sien Book „Im Morgenlicht – Kriegs-, Jagd- und Reise-Erlebnisse in Ostafrika", Berlin 1907. Dat Foto vun dat Gingko-Blatt op dat Ümslagbild hett Stephan Bratek maakt. Dat steiht op de Website vun pixelio.de.

112